译文纪实

THE SECRET LIFE
Three True Stories of the Digital Age

Andrew O'Hagan

[英]安德鲁·奥黑根 著

陈红 译

秘密生活

数字时代的三个真实故事

上海译文出版社

献给简·斯旺

目 录

前　言

　　写小说的时候，你从世上提取你之所需，然后回馈你之所能，你理所当然地认为想象力主导一切。那么，写纪实报道呢？难道不是事实决定一切，因此与想象力无关吗？我在这本书里提出的看法是，这样的泾渭分明是不存在的，尤其在当今世界。写报道时，我不觉得自己是在收集新闻，倒更像一个探索真相的人，后者小说技巧娴熟，且应用起来恰到好处。我写的那些人往往生活在自己营造的现实之中，或在某些方面与假象为伴；我必须进入到他们的以太空间，跟他们的影子共舞，才能够找到事实的真相。还是一个年轻读者的时候，我就从诗人那里学到，你不能相信现实。华莱士·史蒂文斯说："现实是一个用滥了的概念，我们需要借助象征逃逸。"这本书中的主人公，每个都是真实的，至少一开始是真实的，但都得靠高度的人工打造，才能够在这世界上存在或发挥力量。

　　现在这个时代的习惯，是把深埋在这种状况中的荒谬东西组织起来，并称之为文化（想想真人秀电视吧）。那么，根据我前面关于象征的说法，小说家来探讨这种文化，或许就比别人先走了一步，因此，时不时地打开笔记本或录音机，就会有所收获。我问诺曼·梅勒，什么艺术与写作最相似，他告诉我说，是"表演"。他的意思是完全失去自我，虽然大多数人不会把这种情形跟他本人联系到一起。

但那些总是在寻找第二人生的、写虚构和非虚构作品的作家，对这个原则都应该很熟悉；他们坚信作家的任务就是自由地追求自我超越。我相信这就是司各特·菲茨杰拉德的意思，他说可靠的作家传记是不存在的，因为"如果他还值得一提的话，就肯定是一人多面"。

　　远在理解网络技术会如何改变我们的生活之前，我们已经对网络的痼疾上瘾了。从某种意义上说，网络把小说技巧公平地赐给了所有的人，只要他有一台电脑并愿意扎入到互联网的"异己"深渊之中。巴拉德（J. G. Ballard）预测作家在社会上将不再有一席之地，很快就会变得多余，如同 19 世纪俄国小说里的人物。"既然现实的延伸就是小说，"他说，"他不需要再创作小说了，一切都已经在那儿了。"你会发现，网上每天都在印证其说法；网络就是一个贩卖自我的市场。凭借电子邮件，每个人都可以随时随地隐身交流，既可以代表自己也可以代表他人。脸书上有六千七百万个"编造"的名字，许多显然是在过另一种生活，一种更不寻常的或至少更难被追查的生活。谁也不知道他们真的是谁。加密技术使得普通用户变成了鬼魂：马甲、幻影或镜像。在这种情况下，只有我们的购买力是真的，我们拥有哪一个自我，可以根据市场营销公司和移动电话公司推销的改进技术决定：眼睛涂上新颜色，有更好的保险，更苗条的身材。然后我们的数据被转交给政府；政府为了国家安全，再使我们现原形。

　　在奥登的《焦虑时代》（The Age of Anxiety）里，我们认识了匡特这个人。他在纽约酒吧的镜子里，看见自己的镜像被"轻浮文化"也即虚假文化所包围。奥登似乎认为，现代生活的一个方面，就是人的社会或经济自我，可以与他的内心世界分割开。匡特跟镜子里的自己聊天。"我的重身，我亲爱的影子，"他问，"镜子之国是不是生机勃勃的？""你的自我是否如同我的 / 非真实的滋味？"每当我分析如今花很多时间盯着计算机屏幕的这两代人时，我就想起奥登的诗来。我们在寻找什么？那里面生机勃勃吗？我们已经迷上非真实的滋味了吗？互联网给了每个人一个秘密的生活，但这是怎么开始的？是谁在控制它？这些问题激发我写下了这些故事。在网络的每一亩明亮的土地上，你的个人数据都被收集起来支持一个神经网络、一个全球性的大脑，你得到的回报是感觉自己具有多重人格。

1964年，在苹果卖出第一台家用计算机的十三年前，约瑟夫·米切尔（Joseph Mitchell）在《纽约客》发表的一篇人物特写开篇写道："乔·古尔德是个古怪、身无分文且找不到工作的小人物。他于1916年来到大都市，到处流浪，辛辛苦苦熬了三十五年多。"米切尔二十二年前就在该杂志上写过古尔德，但他的新故事《乔·古尔德的秘密》为古尔德的经典巨著《我们时代的口述历史》（The Oral History of Our Time）罩上了疑云。古尔德宣称这是他花了几十年时间写成的。约瑟夫·米切尔的报道则说，古尔德根本就没有动过笔，页面都是空白的。但最近，作家吉尔·勒坡找到了《口述历史》的一些片段，并证明《乔·古尔德的秘密》一文中有虚构成分。"两个作家守着档案室，"勒坡写道，"一个是写小说的，另一个是写纪实的。想要被放入的话，你必须分清谁是谁。米切尔说古尔德吹牛皮；古尔德说米切尔才是编瞎话。"我们唯一确切知道的是，约瑟夫·米切尔也有自己的秘密：他说过他要写一部关于纽约的乔伊斯风格的小说，但一个字没写。第二篇写乔·古尔德的文章发表后，他又活了三十多年，但再也没有发表过一个字。按诗人华兹华斯的说法，一个作家与他的写作对象之间的对话常常至深无泪，需要寻找裸眼看不见的句子去描述现实，描述这种交流。这样的挑战总是让我感兴趣。它们激发我对生活的感受。而且我认识到，文学曾是双重生活的主要竞技场，如今却已落后于网络退居第二。如今网络上，没有一个人只有一重身份。

这本书里的事情发生在有监督或文明规则之前，那时的互联网还是狂野的西部。至今，我们仍无好的行为举止，也没有明确的职业操守，网络上新的本体也尚未变成天性的一部分。我写的就是几个可以在那种道德的泥潭中畅游的故事。我现在把它们放在了一起。这些故事没有统一的主题；即使在网络这个大前提下，这三个案例也是独具风格，几乎可以说毫不典型、自成一体。"维基解密"的创始人朱利安·阿桑奇（Julian Assange）并不是互联网时代的典型人物，正如查尔斯·福斯特·凯恩也不是报业时代的典型人物一样①。传言中的比特币创始人克雷格·莱特（Craig Wright）非常独特，他处于数字货币的前沿，并经历 2008 年的财政危机，而他的内心挣扎本身也让我颇感兴趣。罗纳德·平恩是我根据一个三十年前死去的年轻人创造出来的数码人，他的特点在前两者之间。他或许可以算作这个时代的产物，但也是实验性报道的一个元素。他既真实，又不真实，围绕他，什么是存在的问题能卷起重重迷雾来。每个人都有自己的"玫瑰花蕾"②，我完全没有让这三个案例代表整个网络，或者，天可怜见，代表当代人的意思。他们只是让我个人着迷而已。在权力、自由、透明度、公司权力、经济控制、非法市场和操纵自我认同的讨论中，我分别跟这三个人纠缠到了一起。他们可以独自讲一个我们这个时代的故事，但谁也不带有普遍性。他们来自亚历山大·斯达尔所谓的"互联网的流血边缘"。

我谈到网络把我们所有的人都变成了自我创造者，但这本书里

---

① 查尔斯·福斯特·凯恩是奥逊·韦尔斯的经典影片《公民凯恩》主人公。
② "玫瑰花蕾"是《公民凯恩》主人公临死前说的最后一个词，后来发现，那是他年幼时所珍爱的雪橇之名。

写的三个人，不管本人是否乐意，既是网络的主人，也是它的受害者。他们都是陷入麻烦的人，我感觉我不仅仅是从文化的前线，而且是从心理学的前线发回这些报道。以不同的方式，这几个人或其代理人都找到了我，希望有人能够把他们的故事写出来。但我能够写的故事，没有一个是他们本来想要的。每个例子中，故事最后都变成了网上的自我和真实的自我不断地发生冲突。总的来说，我花了几年时间跟这几个人为伍，最终从他们身上认识到，在互联网的兴衰和泥潭中，人的问题仍然是人的问题，电脑的高级计算能力并不能抹掉这一点。

我写的这些人，仍都在以不同的方式逃亡。同情之余，我不得不问他们要躲开谁、逃离什么？因为网络而红火的还有公司总裁、游戏玩家、机灵孩子和硅谷创业者。那些人不是逃犯，他们的网络故事会很不一样。但我发现的这几个人是这台锃亮机器里的鬼魂。他们让人产生一两个疑问。

当作家的回报之一是发现活在自己写的故事的细节里。互联网时代提供了一个全新的挑战存在的游乐场。在我的童年时代，那些来访的游乐节目叫"表演"。这也是我如何看待这些故事：它们是来自现代自我边缘的快讯，是非虚构类的中篇小说。故事中，几个来表演的人，在网络这个大帐篷下，被自己的过去、野心或幻想，扭曲得变形了。在这个谁都可以是任何人的世界里，在这个真实不真实没有什么大不了的世界里，我希望努力回到人的问题上来。这就是写这些故事背后的动力：我相信我们的计算机还没有跟我们自己变成一体。在一个挂满镜子的大厅里，我们只是好像变成了别人。

为阿桑奇代笔

2011 年 1 月 5 号，晚上 8 点半，我正在家里瞎忙乎，扔在沙发上的手机嗡嗡响了。一看，是坎农格特出版社（Canongate）的出版人杰米·拜恩发来的短信。"你在吗？我有个有点儿离谱的主意，可能非常精彩。但得赶紧跟你商量。"坎农格特刚以 60 万英镑的价钱购买了"维基解密"创始人朱利安·阿桑奇的回忆录版权。这本书同时也被纽约的克诺夫出版社（Knopf）的桑尼·梅塔高价买下，杰米还把国外版权卖给了一堆大出版社。他说预计会用四十种语言出版。阿桑奇并不想自己写这本书，但也不想让对他已经很熟悉的人代笔。我告诉杰米，去年在前线俱乐部①就见过阿桑奇了，当时最早的"维基解密"故事刚刚出来。那人确实很有意思但怪异，甚至有点自闭症的样子。杰米也同意，但说这是一个非同寻常的故事。"他想要发表一种宣言，写一本能反映这个伟大的时代变迁的书。"杰米已经去诺福克郡见过阿桑奇了，次日还要再去。他说他和阿桑奇的经纪人卡洛琳·米歇尔都建议我来代笔，阿桑奇想见见我。我知道他们也在和其他作家谈，而我最初有些迟疑。发表过著作的作家应邀匿名写东西并不稀罕。阿历克斯·哈利（Alex Haley）替马尔科姆·艾克

---

① 前线俱乐部（Frontline Club）创办于 2003 年，是伦敦一所主要面向媒体人、倡导新闻自由的社交俱乐部，位于帕丁顿地铁站附近。

斯（Malcolm X）代笔写自传，对他起了何等的保护作用？特德·索伦森（Ted Sorensen）撰写《当仁不让》（*Profiles in Courage*）时，在多大程度上塑造了约翰·F.肯尼迪的言谈形象？这位未来的总统还因此获得了普利策奖呢。洛夫克拉夫特（H. P. Lovecraft）为哈里·胡迪尼（Harry Houdini）代笔的科幻小说，难道不是他写得最好的作品吗？阿桑奇的奇特经历会触及所有这些方面。除此之外，代笔这种写作形式还会给人一种当今世界可能比历史上任何时候都更神出鬼没的感觉。维基百科可不就是完全匿名写成的？脸书上一半的内容不也如此？万维网像不像一个新以太，我们都深陷其中，被代笔人作祟折腾？

　　我写过失踪的普通人和名人，写过秘密和冲突；我从一开始就知道这或许是知情人的工作。不管事情怎样发展，不管我发现了什么，如何去描述，这个故事都符合我的本能。我喜欢走在虚构与非虚构的不稳定边界之间，喜欢探讨怎样判断创作与真实，以及这样的判断标准如何漏洞百出。我想起维克多·马斯克尔。他是约翰·班维尔的小说《无法企及》（*The Untouchable*）里的那个艺术史学家兼间谍。他喜欢引用狄德罗的话：“我们在心目中把自己塑成一座理想化了的但仍可辨认的雕像，然后穷其一生试图把自己变成那个形象。”“维基解密”故事的背景，是关于隐私、机密及滥用军事权力的全球性大辩论。这一点让我相信，如果还有人古怪到能写这个故事的话，那就是我了。

　　第二天下午5点半，杰米和编辑尼克·戴维斯来到我的住所（为了您的心理健康友情提示：这个故事里有两个尼克·戴维斯。这一个在坎农格特出版社工作，另一个是《卫报》的著名记者）。他们刚刚从诺福克坐火车回来。杰米说，阿桑奇被木棍儿或什么东西戳伤了眼睛，三个小时的讨论中，他一直闭着眼睛坐在那里。他们打算 4 月开始为这本书打广告，书名定为《"维基解密"对抗世界：我的故事》（*WikiLeaks versus the World: My Story*），朱利安·阿桑奇著。他们说我可以从每个地区的版权销售中都拿到一定百分比的版税，朱利安很乐意如此。我们先讨论了合同，随后，杰米介绍了安全问题的细节。"你准备好了电话会被中情局窃听吗？"他问。他又说朱利安坚持这本书只能在一台没有接通互联网的笔记本电脑上写。

我到达埃林厄姆别墅 ① 时，阿桑奇还在熟睡。自从被瑞典以强奸罪指控逮捕之后，他就一直住在那儿。埃林厄姆是沃恩·史密斯的家。史密斯是他的保释担保人之一，也是前线俱乐部创始人。他实际上是被软禁，腿上还戴着电子监控仪器，每天下午都得去贝克尔斯镇警署报到，以证明头天夜里没逃跑。阿桑奇和助手们都遵守黑客的作息时间：通宵达旦，然后睡上半天。这是我即将进入的这个马戏团的杂七杂八的特点之一。

埃林厄姆别墅是一幢冷飕飕的乡间住宅，前厅里悬挂有雄鹿头。餐厅里到处扔着笔记本电脑，阿桑奇的私人助理兼女友莎拉·哈里森坐在里面。她穿了一件羊毛套头衫，手不停地把小发卷儿从脸上捋开。客厅里炉火熊熊燃烧。另一个女孩走了进来。她可能是从西班牙或南美或东欧来的。我站在窗边，望着窗外的大树。

莎拉给我泡了杯茶，那个女孩把茶和一盘巧克力饼干端进屋。"我一直在试验叫醒他的新办法，"她说，"清洁工直接就闯进去了。那还是唯一的办法。"不久，他身着西服，穿着袜子踱了进来。

"对不起，我迟到了。"他说。他显得既高兴又有些怀疑的样

---

① 埃林厄姆别墅（Ellingham Hall）位于诺福克郡，建于 18 世纪。

子。很好的组合，我心想。几乎没有任何征兆，预示随之而来的那些疯狂、不符合职业道德的行为。他说他不放心的是写这本书的时间过于仓促，这就很难建立一个可行的框架。他又说，他可能很快就要进监狱了，就写这本书而言，那倒不是坏事。"我有一些相当抽象的想法，"他说，"还有关于文明与秘密的理论，都需要记录下来。"

他说一直希望能有一本读起来像海明威的书。"根本没有时间写作的人，被关进监狱后写出来的东西往往会很精彩，让人惊艳。我当然不会公开这样说啦，但希特勒就是在监狱里写了《我的奋斗》。"他承认那不是什么好书，但又说如果希特勒没被关起来的话，那本书也写不出来。他说美国财政部长蒂姆·盖特纳已受命，要想方设法刁难那些仰仗颠覆组织获利的公司。这就意味着克诺夫出版社可能会因为出版这本书而遇到麻烦。

我问他是否已有一个暂定书名，他大笑，说："有啊!《查禁此书：从瑞典的妓女到五角大楼的庸男》。"有意思的是，他的言谈举止显然是把自己当成公众人物，甚至摇滚明星，而我认识的所有别的社会活动家都倾向于把自己看作边缘人甚至怪人。阿桑奇反复提到人们多么热爱他，但我看不出他具有那种自以为然的冷峻和魅力。他不厌其烦地讨论他的"敌人"，主要是《卫报》和《纽约时报》。

《卫报》似乎让朱利安念念不忘。他们的关系可以追溯到他让他们发表阿富汗战争记录①。但他很快就跟那里的记者和编辑闹翻了，根本原因是权力与控制的问题。我跟他认识时，他觉得自己已被他

---

① 2010 年 7 月 25 日，"维基解密"通过英国《卫报》、德国《明镜》和美国《纽约时报》公布了 92000 份美军有关阿富汗战争的军事机密文件。

们出卖了。这是他如何看待"合作"关系的雏形:《卫报》是敌人,因为他"给"了他们东西,他们却不听话;《每日邮报》认为他可恶至极,却几乎得到了他的尊重。《卫报》曾试图缓和关系,总编辑艾伦·鲁斯布罗格,还有当时的副总编伊恩·卡茨和其他人都对他的处境表示过关心,但他总是用恶毒语言描述《卫报》记者。《卫报》严格坚持秘密资料必须进行编辑,以保护举报人或里面提及的旁观者,而朱利安对此的立场摇摆不定。我从不认为他想要危害那些人,但他宁愿把《卫报》的关切理解成"懦弱"。

他与《纽约时报》的关系同样恶劣。他认为总编辑比尔·凯勒一心只把他当作"消息来源"而不是合作者,这是真的;又说凯勒想把他晾起来晒干,这却不实。凯勒在《时报》上写了一篇长文,说朱利安肮脏,偏执,控制狂,靠不住,脑子还有点不正常,这自然使朱利安相信他的前合作者要整他。但这两家报纸,协同其他报刊,都为泄密文件提供了大量的篇幅,并给提供资料的"维基解密"很高的报酬。我一直相信《纽约时报》的介入会使朱利安免于牢狱之灾,现在仍然这么看。连美国当局都知道,他们不可能只将阿桑奇定罪,而不追究凯勒和鲁斯布罗格。但朱利安并不这样想,他只看得见个人恩怨,而将这些人视为伪君子或更不堪的东西。

他有个奇怪的自闭症症状,就是不能察觉自己何时变得无聊了或太过分了。他讲起话来,就好像整个世界都需要他讲似的,而且要不停地讲。奇怪的是,作为一个异见者,他没有任何问题要问。我所知道的左翼人士总是有无数的问题,而阿桑奇从一开始,就像一个充满活力的聊天室变成了真身。显然,如果我要做代笔的话,将是本行里最省心的代笔人。

他避免讨论"我们的书",却愿意谈其他即将出版的书。"有一本是《明镜》的两个人写的，"他说，"这本书比其他几本更高调一些。这两人对我很好，但书里会有新的指控。"他也谈到另一本将由《卫报》出版的书。那是他曾经合作的记者写的。他对其中两个主要记者，大卫·利和尼克·戴维斯，尤其耿耿于怀。"戴维斯对我特别敌视，"阿桑奇说，"《卫报》其实是用最恶毒的方式把我们这个组织出卖了。"（《卫报》否认这个指控。）"我们给了他们一份电报的缓存文件，作为我们中哪位万一出了事的担保，他们却把数据拷贝留底了。他们反对我让其他媒体参与，就把数据泄露给《纽约时报》和其他媒体。他们做得够绝的。大家都知道戴维斯对我个人有敌意。"

"为什么？"

"因为他就是个老头子，职业生涯已近尾声。他无法接受，这个一次性的提升机会怎么又没了。他写了一篇诽谤我的文章，《卫报》管理层却听之任之。"他把伊恩·卡茨作为管理层的坏例子。他又说《卫报》的行径很可能在《明镜》的那本书中被揭露出来。《卫报》记者显然急于推出他们那面的说辞。"他们已经计划好在我法院听证时推出那本书，以造成最大的伤害。"

"肯定不会吧，"我难以置信地说，"他们难道不会为了旧交情等一等吗？"

"你在开玩笑了。"

他说，第三本书是他的前同事丹尼尔·多姆沙伊特-伯格写的。"那将是彻底抹黑，"他说，"这人因为恨我们而写，会想方设法造成最大的破坏。"

"是造成尴尬还是破坏？"

"可能两者皆有吧。他有聊天室的东西……对话。"

"你们之间的？"

"是啊，"他说，"此前他就公开了一个对话，是关于他被暂时停职的。他把所有的聊天内容都贴出来了，除了他为什么被停职的那部分。《纽约时报》记者也写了一本，另外还有几本匆忙出版的书。但这些也会造成伤害，因为会不断重复最恶劣的指控。"

我还从未遇到过拥有如此正义的事业却不会聆听的人，也没见过任何机构的头头会如此无休无止地操心自己的敌人，或冲人脸打哈欠。我问他觉得法院的案子会怎么了结。"我猜我有 40% 的机会获释，"他说，"如果他们 2 月 6 日释放我，我会立即离开这个国家，因为留在这里会再次被捕，而美国会坚决引渡我。我宁愿尽快去一个跟美国没有引渡条约的国家，古巴或瑞士之类。美国有很多人巴不得我死了才好。《华盛顿时报》上有一篇文章里，我的脸上画了个靶子，血从脑后溅出。"①

他让我跟他一起去贝克尔斯镇警署。我们站在外面，等莎拉把车开过来。等车的时候，我意识到他的种种矛盾或许能使这本书成功。我看出他有很多的问题，但他也可以很风趣，我挺喜欢他的。埃林厄姆别墅周围有牲口棚和厕所。他说："我很想把一间马厩改成办公室，"他说，又笑道，"一本在马槽里诞生的书。"

我说："但你在诺福克郡找不到三个智者和一个处女。"② 他又说了另一个关于诺福克人的笑话，把当地社会工作者的盖章 N. F. N. 读作"对诺福克人来说是正常的"③。他提前打电话到警署说他快到了。

---

① 《华盛顿时报》是一份立场比《华盛顿邮报》更保守的报纸。

② 此处两人在编排《圣经》故事嘲笑诺福克人：耶稣出生在马槽里，圣母马利亚是处女，出生时有东方三智者来朝觐。

③ N. F. N. 是"Normal for Norfolk"的缩写，即嘲笑诺福克人愚蠢。

他的大腿上放了两个手机，但他一个也不接。一个法国记者跟在车后，但被甩了。到警署前，莎拉停下车，说："我来做这件光彩事？"我看着她下了车，开始搜索灌木丛。

"她在搜索狗仔队吗？"我问。

"那倒好了。"朱利安说。

"那找什么呢？"

"刺客。"

我说，我写这本书的条件，可以只为了兴趣而写，即那种把故事讲对了且从中学了点东西的兴奋感。我以为我会有一种不当署名作家的创作自由。我告诉杰米，我不想在书的任何地方署名，不会接受采访或讨论这个话题。我也不想成为"维基解密"的发言人，或上"晚间新闻"，或向报纸证实任何事情。我只想让作品为自己说话。我被告知这都是可行的，朱利安也同意了。

*

2011年1月17日，星期一，我开车去了诺福克。到达埃林厄姆别墅时，天色已黑，下起了毛毛雨。我停下车，在车道上换衣服，把连帽衫套在T恤上。车柱下，兔子跳来跳去。我已听说到处都会有记者。田野四周确实都闪着灯，直升机时而从头顶飞过。抬眼望过去，满月之下的车道，感觉滑稽得几乎像电影，像奥斯丁小说经过了奇怪的技术变形，人物和权力即将燃烧。正如常言所说，房子在雾中若隐若现。我发短信告诉莎拉，我离大门只有两分钟的路了。

厨房很平常：蓝色炉灶、双水槽、农家桌子，到处都是盘子。炉子上在热一个蒜蓉面包，桌上放了一小碗西红柿沙拉。从通往客厅的门，我能听见美国人的说话声，还有一个澳大利亚人的声音，那是朱利安。餐厅壁上有许多挂在黄铜杆上的油画。其中一幅画的是一位 19 世纪的绅士，后来得知他是沃恩·史密斯的祖先，靠婚姻得到这片庄园，并把它进一步扩大了。沃恩的父亲穿着制服，脸色红润。朱利安后来告诉我，画中他手中拿着的白色东西是外交信袋。

有人在拍摄。这里随时都在拍摄，或正准备要拍。这很奇怪，因为这些人喜欢认为自己是躲在暗地里的。"你想要找本书读吗？"莎拉问道，"楼上有好多你的书。"拍电视的是美国《60 分钟》节目来的人。他们正在制作一部关于"维基解密"的片子。我听朱利安对他们说这里是他的镀金牢笼，几天前他跟我也这么说过。朱利安继续跟采访的人在客厅里交谈，莎拉和我则在厨房里喝咖啡。她说她来自伦敦南部，是去年 7 月开始为该组织工作的。她提起了强奸指控，说那是"最大的陈词滥调"。"我们预计五角大楼会找麻烦，"她说，"结果却是在瑞典待那两周被抹黑。"她说瑞典人对强奸的定义很奇怪，但因为这些指控，她的一些朋友不理解她为何仍然为"维基解密"工作。她觉得这样想很不理智。她问及我的职业，我们谈到了写作这一行。"我以为做这个工作会满世界跑，"她笑着说，"结果从 10 月份开始，就被困在英国乡村的一幢房子里。"

10 点时，我们坐下来吃晚饭。沃恩和我们一起吃。他把烤土豆，还有管家准备的烤宽面条从烤箱里拿出来。我们就电影改编权谈笑了一通，他们都畅想了一番电影里由谁来扮演自己。沃恩最关心的是电影公司会租借自己的房子来拍摄。我给他们讲战斗桥路（Battle Bridge Street）。那是国王十字站附近的一条街，我二十几岁时住过，那里随时都在拍电影。我告诉他们，有一次拍一部关于奥斯瓦尔德·莫斯利

（Oswald Mosley）① 的电影，"卡布尔街之战"一景就是在我们街上拍的。蹲在附近的嬉皮士们以为革命开始了，都跑出来参加战斗。"谁是莫斯利？"朱利安问道。

开始讨论这本书时，我很关心的是要包括哪些基本方面，据此我就可以琢磨怎样勾勒出整体图画。我说也许可以有一个过去和现在交替的叙述结构。"你觉得《安娜·卡列尼娜》怎么样？"阿桑奇问，"我本来只觉得它太浪费我的生命了。但里面有个场景里，狗开始说话，我想，好，终于开始有点道理了。"

我建议说，对他的读者而言，最大的惊喜应该是发现书中的叙述非常坦率，不夸夸其谈或自我辩护。

"也许应该写成实验小说，"他说，"比如第一章有一个词，第二章有两个词……"

我说："根据你目前的立场来看，真正的创新是写出一本总结个人与政府关系的书。"

"但我还不成熟。"他说。

"但你现在可以写这本书了。"

他又希望他的书像托马斯·潘恩的《人的权利》。

我注意到他吃东西基本上是用手抓的。杂志文章里说他不吃东西，但那天晚上他吃了三道烤宽面条，还吃了烤土豆和果酱布丁，都是用手抓。他的情绪从非常开朗投入变得不专心，甚至有点厌倦的样

---

① 奥斯瓦尔德·莫斯利（1896—1980），英国极右翼政治人物，活跃于1930年代英国政坛，创建了英国法西斯政党"英国法西斯联盟"。1936年10月4日，莫斯利率领2000余名党徒试图前往伦敦的犹太人社区游行，行至伦敦东区的卡布尔街（Cable Street），英国共产党、犹太人、无政府主义者等左翼团体与他们以及负责保护游行进行的警察发生激烈冲突，造成170余人受伤，其游行被强行驱散，"英国法西斯联盟"被取缔。

子。大约子夜时,他和莎拉继续说着话,又拎起各自的 MacBook 笔记本电脑,打开并开始打字,他们的脸被电脑的光照得有点诡异。过了一会,莎拉大叫起来。

"怎么啦?"我问。

"见鬼了。"她盯着阿桑奇说。

"什么?"他问。

"《卫报》在有关突尼斯的电报中编辑掉了一些内容。"

"你读一下他们编辑掉的部分。"朱利安说。

她读了两句,是关于一位被废黜的总统在国外寻求癌症治疗的事。

"他们把这部分藏起来了。"她说。

朱利安脸上露出不屑。"他们真恶心。"

"何必如此呢?"莎拉问。

"显然,他们怕被起诉。"朱利安说。

"不至于吧。"莎拉说。

"英国法庭啊。"朱利安说。

每当触及"编辑"问题,朱利安总是显得像被逼到没有了后路。

具体情况是这样的。2010 年 7 月 28 日,美国驻阿富汗的一个指挥官坎贝尔少将说:"任何时候,任何绝密文件被泄露,都有可能伤害到每天都在这里执行任务的军人。"这个观点触动了很多人,包括许多处理泄密文件的记者。大家逐渐形成一个共识,"维基解密"必须避免"双手沾满鲜血"。朱利安对泄漏的材料应该如何"编辑"的问题提出了几个答案。有时候他似乎认定只要编辑就是错,但他也向我承认,他们确实想"改进,会更重视编辑问题"。虽然其他人报道过,但他否认曾说过举报人的名字不应该被拿掉和"他们死了活该"

这种话。他会翻来覆去地重复这些立场，但在我进行的采访中，却不乏前后矛盾之处，而且特别乏味。

有天晚上 10 点，我开车去别墅，朱利安不停地说了近三个小时。有一阵谈到"背后捅刀子的人"，他看起来很激动。他谈到了多姆沙伊特-伯格。从某种意义上说，他似乎无法想象别人怎么可能对他，或对自己，有跟他不一致的看法。"每个好故事都需要一个犹大"，他说，而"几乎人人都是他妈的小人"。他谈到跟他工作过的人，相信我会和那些人不一样（我可不敢肯定，虽然希望如此）。"你把握这本书的艺术性。"他说。我回答说，我觉得这本书的主题可以是关于泄密，关于不同秘密之间的区别，是政治秘密呢，还是小报追逐的淫秽私生活。我说，这本书应该在各方面都开诚布公，但也要对开诚布公本身有坦诚的讨论。如果他无法讨论某些重要问题，例如关于儿子，或监护权之争，或与两位瑞典女孩在床上究竟发生了什么，那我们就要用一个关于拒绝窥探个人隐私的声明加以解释。我说我们不能只闭上眼睛，指望没人留意。这个课题的难点是要在道德意义上做到不亏欠，他答应让我写出具体发生了什么。

*

1 月 19 日，星期三，下了一天的雨。我开始琢磨浪费时间的问题。我无法理解他们缓慢懒惰的行事方式。他们总说工作压力多么大，自己多么忙碌，但与大多数记者相比，他们一坐半天，屁股都不挪窝。朱利安最喜欢做的就是在网上追踪别人，尤其是他的"敌人"说他什么了。我跟他说，我宁愿把自个儿骗了，也不会去"谷歌"自己，他就找了一个冠冕堂皇的理由解释为什么知道别人说什么很重要。

那天晚上，半岛电视台来了一个人跟这个团队谈话。这个团队通常只有住在那里的莎拉和约瑟夫·法雷尔。约瑟夫是个二十几岁讨人喜欢的机灵孩子，时来时往。另外还有一位来自堪培拉大学的活动分子，他是位学者。他正一边喝着葡萄酒，一边谈论如何把世界动员起来。原来，半岛电视台的人是希望与"维基解密"，也就是与朱利安，达成一个协议，他们愿为获得数据（通过加密钥匙）支付130万美元，还想在卡塔尔召开一个新闻自由会议。桌上有俄罗斯香烟，大家轮流出门吸烟。朱利安则抽雪茄。在与半岛电视台的交易中，莎拉参与了很多讨价还价，谈判一度还相当激烈，然后朱利安介入进来，最后一切都搞定了，虽然我不知道这笔钱是否真正付了，哪些材料被半岛电视台使用了。堪培拉那人逮谁跟谁说，他们应该跟巴黎的新无政府主义者联系，后者有法国政府如何恶劣对待前殖民地的内幕。"是应该在法国做得更好些。"朱利安说。

克里斯汀·赫拉芬森是冰岛的一位调查记者，"维基解密"的发言人，显然他在朱利安与老朋友的一轮轮翻脸中幸存下来。他坐在我旁边，他的笔记本电脑开着。他把屏幕转过来给我看《卫报》的大卫·利寄来的电子邮件。有人提起《名利场》刚刚引用了利的话，说"阿桑奇钱没了，可以泄漏的机密也没了"。利的电子邮件要求为他的书澄清两个问题。一个是关于阿桑奇曾经加入过的约会网站。第二个问题是他父亲到底是谁。在邮件结尾，利说，他希望自己"公平"，而且确有此意。

"多么恶心的混蛋，"朱利安说，"他以为他在跟谁说话啊？"这不是我第一次注意到"维基解密"与朋友之间的矛盾有多大。朱利安把他的支持者当作臣民，从离开的人那里，他没有学到任何东西。他几乎从未提到过右派新闻界，虽然那里把他称为罪犯和叛徒。他把他所有的不满都发泄到与他合作过的、对他的政治立场基本持同情态度的记者身上。在我的银行保险柜里，存了几十个小时的阿桑奇录音采访，里面有他疯狂抨击《卫报》和《纽约时报》的记录。无数个这样的长夜之后，我会琢磨这个课题是不是比我想象的更接近虚构。就在我眼前，无视我或录音机的存在，他把他痛恨的人伸过来的橄榄枝——折断。

我拿起我的笔记本，和朱利安一起走进餐厅。过了一会儿，莎拉参加进来。我想讨论这本书的结构。朱利安说，我们应该考虑有一章叫"女人"。莎拉说："我还以为这将是一本宣言书呢。"朱利安略表不满。他们是很匹配的一对儿，调情，打闹，"尽在不言中"。

"是宣言，"他说，"但又与个人经历交织。"

"我只是想……"

"别担心。"

"但是……"

她转向我："他有非常恶心低俗的女人故事，你都不敢相信，我可不想听。"

"等等。"他说。

"不不。很抱歉，我认为你和女人睡觉的故事不是这本书的主题。"

他又想再谈谈《卫报》记者尼克·戴维斯，他们一起完成了报纸发表泄密资料的第一次合作。"问题出在他爱上了我，"朱利安说，"跟性没关系，只是爱上了我，就像我是他想变成的那个年轻人。"他也这么评论过冰岛政治活动家贝吉姐·约斯多蒂尔："她爱上了我。"从此我就知道，要理解他，必须考虑到他的极度自恋。"我去了一个本地酒吧，"他说，"我待那儿时，里面的人都在窃窃私语评论我。一人告诉我说：'本地的女士们会很高兴的。'"

*

我在伦敦待了一阵子。回来时，朱利安正在吃两块紫香脆巧克力棒（Violet Crumble），那是与吉百利香脆巧克力棒（Crunchie）相似的澳大利亚名牌。他问我："你想我了吗？"我说新闻界有人猜测我在跟他合作，搞得很难堪，因为很多人都是多年的朋友，我却不回复他们的邮件或证实此事。

"你可以公开支持我嘛。"朱利安说。

"但那不是合作的条件，"我说，"我是匿名的。否则就没意义了。"

莎拉在笔记本电脑上打字。"太好了，"她说，"帮你赚了 2 万英镑。在 Skype 上采访一小时。"那是让他跟一些公司的总裁交流。

"不多啊。"朱利安说。

"不知道感恩。"

"呃，"朱利安说，"如果战争罪犯托尼·布莱尔都能拿到 12 万英镑的话，我至少应该比他多 1 英镑。"

"想让我回复说你要更多的钱吗？"

"对啊。"朱利安说。

过了一会儿，朱利安又要在电话中指点美国律师艾伦·德肖维茨如何代表"维基解密"与美国联邦政府斗。美国企图传唤该组织的推特账户。德肖维茨是"极端犹太复国主义者"。"即使以后再分手，用他也是绝佳的政治策略，"朱利安说，"美国的温和右派会对他为我们而战做出回应。"

我翻了翻埃林厄姆别墅的留言簿。2010 年 11 月 29 日那天，朱利安在上面签了名并留言。"今天，和朋友们一起，我们试图把现代历史带给这个世界。"那是"维基解密"开始公布美国大使馆的251287 份泄密电报的第二天。这些电报是迄今为止公布于世的最大一批机密文件。我想把他童年时代的主要内容都弄完，但那天晚上他的心思全掉进了即将出版的那期《全景》（Panorama）中。记者约翰·斯威尼似乎组织了一次"大袭击"。一遇到像这样的事情，朱利安就会火冒三丈。

另一个下午，我试图让他停止给我讲授大学本科水平的自由理论。我知道里面没有可用的材料：也就是伏尔泰入门，再掺一点儿乔姆斯基。莎拉抱着几个联邦快递的盒子走进来。几个星期前，亿万富翁（也是周仰杰女鞋品牌的投资人）马修·梅隆把直升机停在别墅外的草坪上，进来吃午饭。此人将朱利安视为英雄，说像朱利安这样的CEO 居然只有一套西装太可叹了。梅隆说会寄一些衣服来。"哦，天啊！"莎拉说，"还真送来了。"要不是收到这些箱子，他们早把这事儿忘得干干净净了。

箱子里有两套奥斯瓦尔德·博阿滕设计的西服，一件 T & A 白衬衣，还有两条领带。领带是在大都会艺术博物馆的礼品店买的。西服有明亮的衬里，一件是石榴色，另一件水蓝色。我告诉朱利安，博阿滕是伦敦裁缝街著名的英国黑人西服设计师。他说："太好了。符合剥削黑人这个主题。这是我希望在我的传记电影中表达的。我想让摩根·弗里曼扮演我。"他开始脱衣服，我看到他在旧西装下穿了一条乐购超市买的运动裤。他把两套都穿了一遍，穿上就问我们怎么样。他特别操心是否合身。"这件臀部是不是有点松松垮垮的啊？"我读了马修·梅隆附寄的字条。"朱利安：希望你如期收到。我猜裁缝街做的几套西服你可能用得上。但愿你附近有裁缝……祝你和同伴们一切都好。"

我和杰米·拜恩谈了谈。他强调说朱利安似乎不知道自己能有多么无趣。他说，如果我们不知道如何软化或转化这一点，如果这本书不能把他从他自己那里解救出来，并比自我辩护来得更深刻一些的话，这本书会搞砸的。我明白他的意思。我告诉他说，我会努力给朱利安上一堂自嘲速成课，并且不断地提醒他别把自己变成每件轶事的主角。我对杰米说，"维基解密"试图做的工作可能比朱利安能够表达出来的更重要。

朱利安对间谍套话似乎有一种渴求。他经常会把住过的地方说成"安全藏身处"，并说："你去昆士兰时，要跟那里的一个线人联系。"

"你是指朋友吧？"我会说。

"不是，比那更复杂。"他似乎喜欢被追捕的心态，而这种倾向因为确实有人在追捕他而变得复杂。但追捕从未如他想象的那么严重。但他坚持冷战语言，你不是去送包裹，而是"抛下"包裹。有一天，我们要去一个农舍里见一些"维基解密"的工作人员。农舍在郊外，往洛斯托夫特镇去的方向。我们开的是我的车。那天下午，朱利安尤其坐立不安，他的感觉也许像四壁正在合拢一般。在被拖拉机轮胎压出轨迹的路上颠簸时，他说："快，快，往左拐。我们被跟踪了！"我从后视镜望了一眼，看到一根电线从一辆白色蒙迪欧车上伸出来。

"别紧张，朱利安，"我说，"那是一辆出租车。"

"不是的。听我的。这是在监视。我们被跟踪了。赶快左拐。"就在我摇晃着来了一个斯威尼式的手刹拐弯时，由于一个喜剧性的巧合，我们身后的车突然停了下来，停在一个农家门前，一个小男孩跳出来，跑上了家门口的小路。我们在尘土滚滚中扬长而去，我瞟了一眼表：3:48。

"那是从学校接小孩回家，"我说，"你有病哦。"

"你不懂。"他说。

*

埃林厄姆别墅的桌边常常笑语连连，然后是长时间的静默。笑声主要是莎拉的功劳，因为她很会取笑朱利安；朱利安本人也有贡献，对那些笑话反应恰如其分。但那也是一个令人无法心满意足的冬天，成书的日子不断地挪后。情况好的时候，看他们追击那些说谎的政客或腐败无能的政府，会深受鼓舞。想想也确实激动人心，在这幢酷似简·奥斯丁时代的房子里，发生着文学从未捕捉过的历史新篇章，全球性的军事谎言被一群离炉灶两步之遥、睡眼惺忪的业余选手暴露无遗。

最终，我在邦吉镇找到一座房子，距离埃林厄姆别墅仅有十分钟的路程，这样可以安静地工作，躲开凝滞的氛围。我开着车来回奔波，试图找到完成这本书的办法，但朱利安那边的拖延战术也变得不可理喻了。当我要跟他谈期限时，他却提起即将开始的审判听证，并告诉我菲德尔·卡斯特罗送来一条短信，说"维基解密"是他唯一喜欢的网站。《60分钟》节目在美国播出了，反响很大。一位评论员说，朱利安应该获诺贝尔和平奖，另一位则说他使民主事业倒退了几十年。在杂乱的厨房里，朱利安抽着雪茄提醒我，就好像我还需要提醒似的，每个人都不仅仅只有一面，历史上乱七八糟的人物层出不穷，他们举止粗鲁，用手抓饭吃，同时改变着世界。日子一天天地流逝的时候，我就试图记住这一点。《外交政策》说："'维基解密'一举公布的电报数据为阿拉伯民主做的贡献，比美国几十年的后台外交都多。"朱利安最不情愿承认的是他自己做了多少黑客事情。他已经认识到，在某种程度上，当"编辑"对他的所作所为提供了必要的保护。他反对"维基解密""偷窃"秘密的说法。照他的意思，在一个非常复杂的层面上，他们只不过是更明白社会的信息流动可以如何改道。

他完全不是机器的奴隶，他怀疑机器的道德，相信世界范围内电脑都被用来控制我们。只有有道德的人，有智慧的人，还有像"维基解密"这样的灵动手指，才懂得个中深意。埃及起义期间，穆巴拉克试图关闭全国的手机网络。该项服务是由加拿大提供的。朱利安和他的同伴们打入北方电讯，与穆巴拉克官方的黑客战斗，才把这一过程扭转过来。革命继续进行，朱利安心满意足，坐在遥远的厨房里嚼着巧克力。

这就是我没有离开的原因，这个故事太重大了。朱利安缺乏效率但有勇气；缺乏专业精神和谨慎，但具有影响力。在通宵达旦的谈话中，他给我解释超级黑客的思维方式。他描述十几岁时，自己如何在美国国家航空和宇航局、美洲银行、墨尔本运输系统或五角大楼的虚拟走廊里漫游。最出色的时候，他代表了一种新的对付权力的存在方式。他并不是直截了当的左派，恐怕都分不清辩证唯物主义和一袋坚果的区别。他讨厌信仰体系，讨厌所有的体系。他只想成为机器中的幽灵，穿越权力的走廊，把灯一盏盏地拉灭。我发现我从他描述自己的话里摘录了一些记在本子里。"如果你是黑客，你最感兴趣的是面具下的面具。""我们可以破坏腐败的核心。正义最终是为了人类的利益，但现在有了一个专家组成的新前卫，尽管我们被视为罪犯。我们吸附在现代权力的肿瘤上，能看见它如何用超出普通人类经验的方式扩散。"

但他也开始食言和违约。他的多疑让自己失去支持。在正常机构中，其他人的经验也会受到尊重，他们的价值不止于"忠诚"。在那种地方，他是会被解雇的。我就会亲自解雇他，如果我不只是为他理顺句子而已。而且他的句子也染上了他自以为是和玩弄事实的毛病。这个负责公开世界秘密的人，完全不能忍受他自己的秘密被公开。他的生活经历使他困惑，使他急于为自己找借口。他根本就不想做这本书，从一开始就不想。

我坐下来冷眼旁观。莎拉生日那天晚上有香槟，有笑话，但最后是朱利安和莎拉一起翻阅一本关于"维基解密"的书。是大卫·利和卢克·哈丁写的那本，正好同一天发表了。莎拉读一点"坏段子"，他就说"恶心"或"恶意诽谤"。我认为这本书对他的性生活的兴趣，以及他们对这本书的兴趣都很低俗。"这里说你随身带的堕胎药其实是糖丸子。"

朱利安："什么？"

莎拉："说你就是想让女孩子怀孕。还说你告诉其中一个，婴儿要取名'阿富汗'。这听起来倒像你。我就听你说过这样的话，要用你的行动计划来命名婴儿。但你不会让这些女孩独自生下孩子吧？你会吗？"

朱利安："莎拉。"

莎拉："我只是问问嘛。所有孩子出生时，你都陪伴在侧了？"

朱利安："除了一个之外。"

但我还以为他只有一个儿子？他跟我说谎了吗？他开始关注大

卫·利的推特，我站在他身后，看见他常常以"维基解密"的名义回复。我也可以看出来他认为我是疯子，竟然不把《卫报》看成邪恶的力量。他说，你不明白问题的严重程度。但我相信自己对这一切都太明白了。

"咱们的时间花在这上面值得吗？"我不厌其烦地问，但无效。他的一个策略是即时发明这本书应该使用的新前卫风格。有一天他说这本书应该包含"寓言"。他建议段落都编上号，像诗句那样。我说："你和你的手下人必须把这本书放在优先地位。一本好书能把事情都理顺了，比抢地盘或推特更重要。"

"但这不可能啊，"朱利安说，"结束战争，发起利比亚革命才是要优先考虑的。"

他开始每天到邦吉来。我会做好午饭，等他打完电话，或骂够了他的律师马克·斯蒂芬斯。有时他是直接冲着斯蒂芬斯大骂。我有一个录音带，你可以听见双方关于钱的争吵。住在邦吉时，我会试着让他坐下来，给他一单子的新问题，但他会推脱，说没有心情或者有更紧迫的事情要处理。我想他只是急于躲开埃林厄姆别墅，而我这里有互联网。我每天给他做午餐。他常常是用手吃，然后舔净盘子。那段时间里，他一次也没有把用过的脏盘子放进水槽里。这当然不是说他因此就成了约瑟夫·门格勒 [1]，但是，你知道的，生活就是生活。

我不仅想方设法让他投入到这本书中，我还努力为这个课题保密。因此我不回任何电话。但显然有人泄密。这个现世报倒是充满诗意，我想，当你是在为"维基解密"工作的时候。

---

[1] 约瑟夫·门格勒（Josef Mengele），臭名昭著的纳粹集中营医生。

*

    2011年2月6日星期天，朱利安来伦敦参加上诉听证会。他住在帕丁顿的索斯威克街，午夜时分，我去了那里。房子是沃恩的办公室，离前线俱乐部不远，里面堆满了办公设备。一间大型会议室里全是"维基解密"的"朋友们"。我爬到楼顶一个小卧室里，发现朱利安躺在一张凌乱的床上。满地都是衣服，床头柜上有关于互联网业余爱好者的书籍，还有大卫·雷姆尼克写的巴拉克·奥巴马传记。朱利安在剪指甲。"你知道我为什么要剪指甲吗？"他问。

    "不知道。"

    "这样法院的人就不会盯着我的指甲想，这就是撕破避孕套的那个人的指甲。"其中一名瑞典妇女声称，性交时，他把避孕套撕破了。跟所有人一样，瑞典妇女只不过是窗玻璃外晃过的人影。

    贝尔马什法院外的栏杆后面，一群支持"维基解密"的抗议者在拉开队伍，我们一到，他们就开始欢呼。朱利安穿了一件博阿滕西装，但效果不佳，因为他非要再套一件灰色粗呢外套。我们上楼进到咨询房间，似乎每个人都在那里。律师们由斯蒂芬斯领导，他活脱脱就是狄更斯小说里那个热情洋溢的红脸汉，对新闻媒体精明过度。他周围都是担保人和支持者：托尼·本恩、杰米玛·汗、比安卡·贾格尔、杰姆斯·福克斯、贝拉·弗洛伊德，还有五六个年轻人，我想，应该都是"维基解密"的人。在法庭听众席里，他们为朋友占了席位，我们被带到那里。坐下来，我低头扫了一眼法庭，马上就看见《卫报》的艾斯特·艾德利。她看见我笑了，我回笑，她就把黑莓手机拿起来了。"推特。"我想。果不其然，几分钟之内，她就在推特上说我跟阿桑奇一帮人在一起。"据传是代笔。谣言证实了?"她写道。

为阿桑奇辩护的杰弗里·罗伯逊指出,在瑞典发出逮捕令的玛丽安娜·尼并非是她自称的"首席检察官",而仅是低级检察官,没有资格做这事。我觉得这缺乏说服力,也怀疑里德尔法官是否会对罗伯逊的等级姿态反感。朱利安坐在被告席的玻璃罩后面跟警卫开玩笑。莎拉坐在我旁边,基本上是睡了两个小时。午饭时我回家了,到半夜又去了他的住处。朱利安又躺在床上,回顾当天的事件,莎拉在用一把看起来很钝的剪刀给他理发。朱利安对罗伯逊的开场白很不满意。"他应该先赢得同情心,再赢得脑子。"朱利安说,"另外我不满意的是,'排除合理的怀疑'提到的次数也不够多。"莎拉打开一盒费列罗巧克力,我们躺在床上讨论这些东西。我重复了几个星期前和杰米·拜恩说过的话。"我想对你进行一次自嘲速成培训。"他说争夺儿子监护权前,他可会自嘲了,结果大受其害。

凌晨前,某个时辰,他给我看了一个网页。上面写道:"阿桑奇总是碰我的猫,前'维基解密'人士说。"他简直笑喷了。这是多姆沙伊特-伯格的《维基解密内幕》里的一个故事,说阿桑奇总是想要操纵一切,书里指责道,连多姆沙伊特-伯格的猫都常常被朱利安恶作剧地勒住脖子。

各路人士总是突然就冒出来。没有人正式介绍,他们反正也没有头衔,不过就是卡洛斯或蒂娜或奥利弗或托马斯。在埃林厄姆别墅,有天晚上,一个名叫杰里米的法国人来了,他还带了一袋子加密手机。朱利安似乎随时都有三部手机在手,红的是他的个人手机,这最新一批手机旨在对付我们所有人可能都要受到的报界黑客攻击。他们行事总是这样:完全吊儿郎当外加突如其来的高度警惕。

他们没有真正的安全系统,也不实行任何保密措施,如果你读过间谍机构如何运作的话就会得出如此结论。有时候朱利安会用没加密的电话线，那只是因为他忘记了。其他人好几个月一直用同一个手机，似乎没有人担心一部开着的录音机。当然，那是因为我就是在那里提问并把答复录下来。即使如此，他们说的很多话与这本书没有任何关系，他们只是忘了而已。我只被要求签署过一次保密协议，当时朱利给了我一个有非常敏感资料的硬盘，但随后他们就忘了我有这个硬盘，也没要求退还。

他不是注重细节的人。他们谁都不是。他们喜欢大局并好斗，喜欢噪音与吸引力、历史和场面，但不关心具体内容。这就是为什么他们那么快地泄密了那么多的电报：就是为了造成影响。这种做事方式当然有很好的理由。但是，即使数年之后的今天，那些电报内容仍未得到应有的关注。它们弄出一个大动静来，然后就随之自生自灭了。他们这种热衷大场面而不慎思细想的特点，我们最近又看到了。2016年总统大选期间，阿桑奇急于表达他对希拉里的仇恨而不择手段，允许自己的组织与俄国黑客合作，接受后者泄密的民主党全国委员会资料。一个更有思想的编辑，没那么自恋那么急功近利的，是会掂量羞辱希拉里之"得"与帮助特朗普之"险"的；他会避免涉嫌插手另一个国家的民主选举，避免与普京政府结盟。阿桑奇没有自律，没有基本的公关概念，他的操纵美国大选的企图，对自己作为一个为"自由而战"的记者造成的伤害无可复加。他借以避难的厄瓜多尔大使馆的官员们暂时切掉了他的网络连接——但对阿桑奇而言，这也是值得的，因为他得以报复了一个宿敌。或者，这也使他觉得自己又举足轻重了，当时他从前的许多支持者都认为他的傲慢已经把"维基解密"摧毁殆尽了。我一直希望有人对其做严谨的编辑工作，按国家排序，给出电报的背景资料，提供适当的简介，详述每个不公正的和违法的行径，但朱利安想的是下一个大动静，甚至更热衷于和互联网上能找到的每一个批评者吵架。至于这本书，他则不断地往后推。

漫不经心是一个"预兆"。几个月来，朱利安一直以为出版社、经纪人、律师和作家都在自己掌控之中，但他每天都以上百种方式表明自己无法正视这本书。他签约了，他假装在写，但即使不说谎时，他也总是以有更重要的任务或忙于打官司来冠冕堂皇地搪塞。该书成了他的邪恶"另一面"，噩梦般的"自传"。至于我这个代笔，他不想被我的出没骚扰，就一心要把我变成一声不吭、庸庸碌碌的跟班。他也曾一度要帮忙，还让他母亲送了一大堆他童年时期的照片。他把光盘给了我，然后就把这事忘得一干二净。

朱利安输掉了拒绝引渡的上诉，立即提出下一级上诉。这就决定了他必须继续待在埃林厄姆别墅。我去澳大利亚参加了几个文学节，回来时，诺福克气氛已经变了。我一直都觉得沃恩·史密斯和家人挺了不起的，他们还有小孩子，却能够在家里应付学生气的"维基解密"旅行队：晨昏颠倒的作息，几乎笑话一般差劲的桌上礼仪。朱利安就有这本事，在他自己眼里，可以完全不拘泥于规范他人的琐事。如果你叫他洗碗，他会说他正在努力解放中国的经济奴隶，没有时间洗盘子。他站在一个小小的业余帝国的中心，对任何来自专业人士的冒犯，从律师，到电影制片人，到出版人，都不屑一顾地驳回，虽然这些也都是他找来的。他的傲气可以把整个屋子烧起来。如果你问他身边为什么缺乏有经验的人，比如四十、五十、六十，甚至七十岁的有权威的人，他们或许可以挑战他，他会争辩说那些人已经被腐蚀了。通常，我是他身边唯一超过三十五岁的人，当然除他之外，但他看不到问题，看不到自己邪教领袖的那一面。

但别墅里酝酿着麻烦。问题第一次暴露出来的时候，是他告诉我，他们可能会搬到杰米玛·汗在牛津郡的房子去。他说，沃恩家基本上待不住了。他的"肢体语言"很不客气，显然开始反感我们了，朱利安说。主要原因似乎跟沃恩向他们要多少房租有关。朱利安还说，沃恩正在忙着制作一个纪录片，那本来是为"维基解密"制作的。"素材是我的，"朱利安说，"但现在他以为是他的了。而且他一直有各种各样的自我价值问题，因为他在阿富汗当摄影师时，甚至还挨了一枪，但BBC没承认他的贡献。现在这些问题都一齐冒出来了。"

我的研究助理哈里·斯特普斯向我指出这事很荒唐。朱利安老是批评沃恩对工作没有得到承认而耿耿于怀，可他自己也如此，并不惜因此打持久战。然而，最确凿的事实是，史密斯一家对朱利安非常友善，为他担保，并把房子都给他们住。朱利安说，那主要是为了给前线俱乐部做宣传。

*

我只能见缝插针地采访朱利安，深更半夜时，或坐在汽车后座上，或在邦吉的房子里，哈里则负责童年时代的材料，但我们知道是在逆水行舟。坎农格特期望能在夏天之前出书，虽然我警告过了，他们还是不知道朱利安有多不情愿，他的经纪人卡洛琳也相信他仍然想做这本书。但我知道他不想，我目睹过他如何想方设法改谈另一个话题，也知道他宁愿花几个小时谷歌自己，也不肯在自传里用自己的话来讲讲。我接受这个课题，是被这个"自我"角度所吸引，但这个将放在封面上的人，"自我"既太多，又不够。但我们继续蹒跚前行。

我熬夜把这些资料组织起来。"单薄"也算一种声明吧，我宣称，可以成为一个现代主义者的自传。但这些笑话不管用。虽然朱利安答应出版社和我，他会提供网页、段落，甚至笔记，但我在那里的几个月中，他什么都没给，没有一句话是他写的。最终，依据那些通宵达旦的辛苦采访，我们汇集了七万个单词的草稿。无论用什么标准，这都不算好，但它有一个声音，一个合情合理、有些暴躁、有点顽皮但道德的声音。跟我在小说中写的任何东西一样，这个声音是创造出来的。

但我的感觉不像是在小说中创造一个人物，而像为一个不太真实的真人配音。他的虚荣心以及"维基解密"组织需要钱这两个因素，使他无法拒绝这个课题，但他从未真正考虑过后果，没考虑过我会出现，在页面上眉批，从而以某种方式记录下了这个过程。他应该为自己提供的资料担心，但他却没有。这个控制问题对他而言根本不存在。正如他对所有事情一样，他有泛泛的自己在控制一切的幻觉。只有一次他流露出一丝理解的意思，他转过身来对我说："别人都认为你帮我写我的书，但实际上是我在帮你写你的小说。"

出版人们都希望这本书的初稿在 3 月 31 日之前完成，他对此日期更不当回事。但我必须认真对待，因为我们有合同。我按时完成了第一稿，哈里·斯特普斯和我当时在邦吉，我们坐在那里，笔记本电脑尚热，一堆书稿上标记好了新章节可能出现的位置。当晚哈里检查完拼写错误，又添加了一些东西，然后我们就带着记忆棒去埃林厄姆别墅。这是给朱利安的拷贝，用以增删修改和批准。我们到达时，厨房里挤满"维基解密"的工作人员，都兴奋地聚集在一台笔记本电脑周围。他们喝着莫吉托，在与一个澳大利亚制片人用 Skype 视频聊天。后者想制作一个"维基解密"在世界各地"冒险"的电视节目。那天下午离开邦吉的房子前，对书稿要给在伦敦的编辑们看，朱利安很不满。我们决定当晚开车回伦敦，让哈里次日把初稿交给坎农格特。美国版编辑、克诺夫出版社的丹·弗兰克为此也飞过来了。坎农格特的编辑尼克·戴维斯在伦敦等他。要知道，这离预定的出版日期已经很近了。

朱利安突然说："绝对不能让他们读。"

"他们是编辑，"我说，"是他们出钱做的这个项目。他们必须读啊。"

"不行。他们只会产生偏见。"

"这是他们的权利。"

"不行。把电话给我。"

于是朱利安给戴维斯打电话。他站起来，在大厅里走来走去。"这不是编辑的任务。"他说，"只是出于好心，让你们读读现在的书稿。"他告诉戴维斯，哈里会监督阅读过程，读完后销毁拷贝。我告诉朱利安这个主意太混了。哈里也很尴尬，马上抗议。但朱利安不让步。我跟莎拉求情，说这是霸道，把盟友变成敌人的粗暴举止。她什么也没说。我决定先听听杰米·拜恩怎么答复。忘了提，朱利安本来的建议，是让编辑们都来诺福克，当场阅读。我认为那简直是侮辱人，所以他又提出了这个哈里监督的办法。杰米旋即给我发短信："他是在要求丹、尼克、我和哈里都在同一个房间里一起读书吗？疯了啊。尼克会保证书稿被销毁。但照这个事情的发展看，我想最好就对朱利安撒一个小谎。或告诉他别这么荒唐！"

我们准备离开埃林厄姆的时候，朱利安走过来，拥抱了一下在炉灶旁的我。"谢谢。"他说。我们还在谈论可能的书名。早些时候，我建议用《解密》，但他说他不喜欢一个词的书名。他更喜欢《请禁这本书》[但我告诉他，那跟阿比·霍夫曼的《请偷这本书》太像了。

他也喜欢怪怪的《湿水泥》(可别问我为什么)]。我又建议《我在秘密中的生活》。哈里觉得可以用《阿桑奇说阿桑奇》，随后承认听起来太像香水了。笔记本电脑旁，大伙儿在一起打趣制片人，他已经离开，到澳大利亚阳光下抽烟去了，其他人都起哄，嫉妒那里的好天气。朱利安手里拿着一杯酒，冲着黑暗中的我们挥手。我往车那边走。"安迪 ①，"他大声嚷嚷，"别被他们推得团团转。"他是在谈他的出版商，人家为他的自传总共付了 250 万美元。

杰米的小谎生效，星期五所有的编辑都收到了书稿。他们立即开始阅读，很快短信就来了。尼克说他和丹都很激动，这正是他们所期望的书。杰米也很兴奋，而我只为我们没有以灾难开场而释怀。我知道朱利安过后会修改很多，还会再捣鼓出各种各样的拖延战术来。编辑们现在寄希望 6 月能出版。但这本书的基本内容已经有了，那是从几十个小时的令人火冒三丈的采访中整理出来的，但它终于起步了。

*

朱利安答应周末阅读初稿，英国出版社的人星期一早上来见他。我同意在邦吉的房子里会面，因为在埃林厄姆别墅里朱利安太容易分心。坎农格特的杰米和尼克早早赶到。朱利安和莎拉应该 9 时 30 分到，但晚了一个小时。来后又茶水不断。终于，朱利安坐到桌边。他转向杰米。

"星期五怎么样?"

"星期五很好。周末过得也好……"

---

① 安迪是作者名字安德鲁的昵称。

我看着杰米。"他指的是书怎么样。"我说。

"噢，"杰米说，"我对至此的进展非常惊讶。真的很好，你觉得呢？"

朱利安用一个"操你妈"的眼神盯着他。"我读了大约三分之一。显然还需要很多工作，6月份来不及。"

还有其他一些话，一些关于计划和时间表的初步想法，但有一点突然明了了，朱利安根本没费心去读书稿。"你还没读吗？"杰米说，"我们都答应周末读完。你有三整天的时间，读下来只需要八个小时。"

"世界上正在发生几件危险的事情，"朱利安说，"生死攸关，我不得不照应。这些事情必须优先考虑。"

"好吧，"我说，"但我们没法讨论一本你还没读的书。"

"呃，但我已经读了足够多，知道它还需要很多工作，今年6月的期限是不可能的。"

让我猜的话，他大概读了前三页。他从来不曾把6月当作出版日期，整个课题让他担忧不安。他说的和没说的话都证实了这种猜测。拜恩突然大发雷霆。"我太失望了。也很沮丧。安迪累死累活把这个初稿准备好了，我们都专程到这里来讨论这个问题，所有人都在周末读完了，你却没碰一下。"

"我很欣赏安迪所做的一切，"朱利安说，"但我不能这么匆忙地发表这么重要的东西。里面有法律问题，我的敌人都蠢蠢欲动……"

我既不委屈也不惊讶。朱利安的基本立场就是在压力之下坚持自我。他签约了一本并不想出版的书。他几周前私下告诉我，那是因为马克·斯蒂芬斯说这可以贴补花销。现在他第一次被迫把这书当回事儿。在某种意义上说，这对他是一个道德灾难。他一直拖着这个项目慢慢溜达，甚至也享受这个过程：他喜欢有一个听众充当学生兼分析家偶尔兼父亲的角色。但如今事情变成了现实，他却惊诧莫名。杰米直截了当地问他到底想不想要这本书。

"我确实想要，"朱利安说，"但得遵循我的条件。我从未同意6月出版。"

在压力下，朱利安答应会在4月11日星期一之前坐下来看书。他说他到时会读过两遍，第一次感受写作风格，第二次进行补充。他说，他会安排出足够的时间。

接下来的星期一，在邦吉的早餐桌上上演了一出《正午》①，朱利安又故态复萌，抨击出版社，但现在更歇斯底里，说自传这种艺术非常可恶。他说，在书中暴露私生活的人很"脆弱"，写自己家庭的都是"妓女"。就这样一个接一个小时地讲个不停，把珍贵时间全部浪费掉。"我真的很喜欢书的文笔各个方面，"他说，"但口气过于自我辩解了，加了太多的附加条件。"又说："我可以看见一些你看不见的东西。我的对手会用这些材料来打击我。他们会抓住这个东西来说我很脆弱。"

"不，他们不会的，"我说，"他们会认识到你了解自己。写自传不可能只是去预计你的对手会干嘛。"

我为朱利安感到很难过，至今仍为他感到难过。他陷入了一个可怕的困境，签约要做一个自己基本心理无法接受的项目。他把自己的反对意见用强辩和原则装饰起来，这种情感防御很聪明，令人钦佩，但现实比这可悲得多，也更让他惊恐。他不知道自己应该是谁。他的

---

① 《正午》(High Noon)是美国1952年经典西部片。作者在这里用《正午》来比喻现场，说明朱利安的行为是多么戏剧化。

言论一如既往地大胆无所顾忌，但却不知道该相信什么。他说："这种书会被你的敌人利用，把你定性成某种形象。我绝不会说我的继父是个酒鬼……"

"但你确实说了，朱利安。这些章节中的所有内容都是根据你说过的话写的。在很多夜晚，几十次采访中，你都跟我说过的。我有全部的磁带。"

"我那是累了。"

"但当你允许被记录时，你并不累。寻找经纪人帮你讨价还价并签署合同时，你并不累。你总是以第一人称说话，一次也没说过不能用这些材料。"

"我没有妥善处理好这件事。"

"不，你只是改变了主意。好吧。也不是好吧，是什么就是什么吧。但你不能说你累了。"

"我就是累了。而且很忙。"

"朱利安。你签约要写自传，你还选了一个作家来帮你做。你现在说不想把你给的材料用在故事里，你得想想这是什么意思。"

"但写私事很无聊。"

"好吧。那就不要发表。"

"所有这些书都是男人掏心掏肺，写出他们的私密生活……"

"那是你讲的故事。你很随意地对着录音机说了这些话。你谈到了布雷特的酗酒问题。你还谈到那个邪教领袖没完没了地跟着你和母亲……"

"但是我不想在书里出现这些内容。"

"好吧。可以删除。"

我可以说，他的话句句都令人警觉。这些话是他的本性流露。本性流露意味着他完全沉浸在自己的偏执中，对以为想要危害他的人或事不会有一丝信任。从本质上讲，他绝不会让人替他写一封邮件，更不用说一本书了。正如有人曾经描述过的另一个人，他是那种总是在游向救生筏的人。我给他扔过去一条绳子。"你想从这本书里得到什么？"

"事实，加一些感受，但这书应该是一个宣言。它可以有一些对比如童年经历之类的反思，但这本书应该是我的思想的宣言，应该是道德散文。它应该有情节，但不是个人的东西，而是有一种转变的感觉。"

"你指的是你生活中的什么情节？"

"我对个人经历的书根本不感兴趣。我早就知道这一点。"

"那现在是在谈关于思想的书了？"

他只是盯着我，就像把作业丢了的孩子，而我是那个呵斥他的老师。

"需要更多的宣言。"

"好吧，"我说，"但这个得由你来写。宣言来自信仰，不能靠猜测或代笔。"

"我知道。我是要坐下来做这事。我想把关于正义和权力的想法放进去。就像那些政治领导人经常在监狱里做的一样。"

"好吧。这是你的书。但你必须非常清楚地告诉出版商，你要写的不是自传。"

"会有一些个人元素。"

"但是你对自传这种形式大加鞭挞。你必须跟他们说清楚，否则他们不会接受的。杰米和他的同事一直在世界各地兜售这本书的版权，他们认为这是你的生平故事。你任由他们这样做，你又允许我根据我最近这两个月对你的采访把它写出来。"

"这会卖得更好。桑尼·梅塔似乎更喜欢宣言，而不是标准自传。"

"好吧。你跟他们说清楚。"

"我刚刚描述的就是我一直说我会写的书。"

"当你夜里跟我说起你的继父是酒鬼时，那可不是你要写的那种书。"

"那个不应该放在书里。那些都不是为了这本书，所以让他们看到这个初稿是个错误，因为会污染他们的想法。"

*

即使你是校园里最激进的家伙，总会有一些严格的嬉皮士马上指出你还是小资，因为你喜欢比如伯爵茶呀，或者爱读安东尼·鲍威尔呀。同理，朱利安蔑视一切社会礼节。他吃起东西来像一头猪。他大摇大摆地进门，把女士扔在身后。他跟每个人抢话。一生中，他都是那个顽皮古怪、背着满书包爱因斯坦爬树的男孩。但他已是四十岁的人了，这些性格就不那么可爱了，我觉得他在餐桌上的自大行为是一种疯狂，比他所说的任何话都更雷人。

第二天朱利安来邦吉的房子时，锅里有汤。他点头要，哈里给他盛了。朱利安继续在笔记本电脑上敲打。我的脑子还沉浸在头天晚上发生的事里。午夜之后，杰米打电话来讨论这个问题。"这本书正是作为他的自传向全世界四十家出版社推销的，"他说，"如果这个混蛋现在打算拒绝这本书，我们会取消合同。我一直对他们作为一个组织所做的事情有强烈的认同，但如果他这样干，会伤害坎农格特和所有其他的出版社。真是不可思议。"杰米不断说"不负责任"，怎么居然会有人签约承诺写一本自己无法忍受的书。"我们很喜欢这个初稿，它已有畅销书的基础了，还能挽救他的声誉。他在想什么啊？我这就去见桑尼。"

早上，杰米给我发了一份坎农格特出版社、克诺夫出版社与朱利安之间的合同，包括桑尼写的附录，其中详细列出这本书必须涵盖的内容，即所有标准的自传东西外加一段关于他思想的内容。要求很明确，他会提供一个生平故事，包括童年、父母、黑客年代、审判，以及"维基解密"的成立。

当我、他、莎拉还有研究助理哈里在邦吉的餐桌旁坐下时，这一切都还在我的脑子里。朱利安在笔记本电脑上敲了几分钟后，我问他是否从他的经纪人卡洛琳那里听到了什么。"她们都慌了，"他说，"一帮小女生。"

"杰米给我看了合同，"我说，"跟你昨天讨论的显然不一样。"

朱利安说："我们有合同吗？"莎拉在她的笔记本电脑上找出一个拷贝。他看了一眼，立即跳到关于他的哲学思想那一条，并说："你看，在那儿。"

莎拉说："不对啊。看看前面的几条。那才是安迪所指。"

朱利安："看啊，就在这儿。我的哲学。"

我："你只盯住满足你所说的那一条。附录的其余部分决定了这是关于你的生平的。"

朱利安："我看不出有什么问题。像这样的东西都可以解释为我想要写的。我们随便怎么写，他们都会喜欢的：食物会勾引起食欲。"

莎拉："你现在说是一个宣言，那跟他们在这里所建议的完全不同。"

朱利安（大叫）："我他妈的再也不跟任何人说话了。他们只挑他们想要听的，再用自己的偏执，扭曲成自己爱听的。"

我看着哈里："朱利安，你说桑尼会喜欢宣言，但他想要的是什么在这里写得清清楚楚。"

朱利安："正在打草稿时，他们不能捣乱。都有谁读过了？"

我："杰米·拜恩，尼克·戴维斯，克诺夫的丹·弗兰克和桑尼·梅塔。"

朱利安："我还以为只有两个编辑读了？"

我："不。杰米肯定是要读的。然后他们肯定也给桑尼了。"

朱利安盯住哈里："我以为你负责监督。你应该拿走书稿的。"

哈里说："我毕竟是坎农格特雇的。他们要保留，我不能拒绝。他们是我的雇主啊。"

朱利安："但我给了你严格的指示，不要让他们指使你。你应该拿了，一走了事。"

哈里："他们是我的雇主。我做不到。"

我："你不能指望他违背他们。这也太荒唐了。"

朱利安："我的愤怒无以言表。我不知道你是对他们忠诚，你是起草过程中出版商派来的奸细。"

哈里："你是指我吗？"

朱利安："是的。"说罢，他走进花园，砰的一声关上了门。

哈里："真是个混蛋。"

朱利安站在花园里，呆望着田野。过去他乱了套时，莎拉早就帮他打掩护了，但这次没有。她只是道歉，说都疯了。几分钟后，朱利安进来，一言不发地拿起他的东西。最后说："莎拉，收拾走人。"他离开房子，他们开车走了。大约十分钟后，我收到他的一条短信，说他并没有生我的气，很抱歉没说再见。哈里问自己是否做错了什么。他当然没有。他甚至不记得骂过朱利安混蛋。

11点，卡洛琳·米歇尔要到埃林厄姆别墅来开会。朱利安给我打电话，问我能否参加。"行啊。"我说，虽然我怀疑这恐怕又会乱套。在去贝克尔斯警署报到路过时，他顺便载上了我。在车里，他开始骂他的律师，声称马克·斯蒂芬斯把自己的团队带进来了。他问我作家通常怎么找经纪人。"呃，你面谈几个，然后决定哪一个最适合你。"

"你看。我就是这意思。我谁也没见。马克·斯蒂芬斯带来了卡洛琳，我就陷进了这个情况……人人都从中赚钱。"

回到别墅，莎拉的样子很沮丧，是我见过她最沮丧的一次。她暗示说昨天晚上很糟糕，在谁应该读书稿的争论中，她似乎同意我们，因而受到了埋怨。朱利安习惯性地如此对待这些年轻人员，跟拧水龙头似，一会儿开一会儿关。他知道他们对他忠心耿耿，却想方设法操纵他们，哪怕并不真的需要。她郁郁不欢地坐在客厅的沙发上，几乎没抬过头。

"莎拉怎么了？"卡洛琳从车站赶到时低声问。

"有点沮丧。"我说。我们走进厨房，我背靠炉灶站着。

她说："首先我得说，读起来真精彩，令人兴奋。天哪，太棒了。"

"别那么说啊，"朱利安说，"你要这么跟出版商们一说，他们更想出版了。"卡洛琳看着我，好像突然拐错路，进入了迷离时空。"不说别的，你怎么拿到书稿的？"他问。

"桑尼给我了他那一份。"

朱利安的脸唰地一下就变白了，气得发抖。"看！这就是我他妈的想说的意思，"他说，"书稿到处传！除了那两个编辑之外都不应该看的。我真他妈的气死了。"

卡洛琳说："别生气。没关系的……"

"当然有关系！书稿都飞越大西洋了！"

"朱利安，得了吧，"我说，"你总不能抱怨自己的经纪人读了书稿吧。"

"我不介意她读，但还有谁在读？"

卡洛琳巧妙地将"宣言"称为"前景部分"，因为这可能会对出版商更有吸引力。但每当她谈到自己喜欢的自传内容时，他就把她堵回去。她不懈地努力，一心要把各种各样的反对意见拼成一个天衣无缝的图案，但她说的话都过于乐观了。他说这本书可以在 2012 年出来。"7 月份交货怎么样？"她问。

"不可能。"

"但咱们再努把力。"他主要是谈希望这书是怎么样的，而她则拿出桑尼写的合同那部分。她说他所谈的都满足合同的要求。但那是不对的，我不知道她的策略是什么，但我该说的已经说了。最终，朱利安答应了两件事。他将在草稿上标记出他眼里可以发表的内容，划掉不想发表的部分。然后，他会坐下来写"一点前景"。他说会马上开始，三四个星期就够了，如果我们离他远一点的话。

接下来的几个星期，我大部分时间都在苏格兰处理家务。我在高地时，朱利安给我发了一条短信："致敬，奥黑根先生。"他知道我能读懂。这是借用一个囚犯从监狱里写给他的话："致敬，维基解密先生。"还收到过莎拉几次问候。除此之外，自从他同意开始写作那一天起，就没什么消息了。

5 月 9 日，我打电话给卡洛琳再次强调，这本书是可以完成的，但必须是朱利安所愿。然后杰米打电话来了。他说朱利安根本没做什么事情，而且不接电话。正如在这个项目上反复发生的情形，他已从和解姿态变成愤怒，又开始谈取消合同的事了。"他已经违约了，"杰米说，"如果这本书被推迟到 9 月份以后，全世界的出版商都会开始取消订单。"

媒体在大肆报道朱利安要求"维基解密"人员签署合同，威胁他们如果泄露关于该组织的任何事情，都将会有1200万英镑的诉讼。很显然他看不出这么做有任何问题。他相信"维基解密"凌驾于其他组织和其规则之上。他不明白为什么任何公共机构需要保守秘密，但又坚持他自己的组织要依赖诉讼来强制性保密。每次他提到要对《卫报》或《纽约时报》采取法律行动时，他还经常这么说，我都会翻翻白眼，但他看不到矛盾之处。他越来越深地陷入自己制造的丛林之中。我告诉杰米说，我好像是在跟寇兹先生 ① 一起写书。

卡洛琳与我再次拜访了诺福克。我们到达时，朱利安跟我俩都拥抱了一下。"你好，朋友。"他用很正式的语气对我说，显然是对上次见面之后我父亲去世有所表示。博阿滕西装现在已经脏兮兮的了，他仿佛是被囚禁在衣服里。那天早上情况变得更加恶劣。他已经发展出了一种被围攻的心态。我以为这肯定与沃恩和埃林厄姆别墅的不健康气氛有关，但问题还不止于此。他开始相信他的律师们都是敌人。"真恶心，"我们和卡洛琳在客厅里坐下时，他说，"除非保证这笔钱不被律师拿走，我不会再在这本书上花工夫。"

"呃，钱会去你想要它去的地方。"

"恶心……"

卡洛琳说："没有人付全额的律师费。"

"我不会付的。我坐在他妈的火车上他们也收费。我就不该留在这个国家，我应该逃离这个管辖区。"

"好吧，让我们……出版商施加了很大的压力。"

---

① 寇兹是康拉德名著《黑暗之心》的主人公。他在非洲殖民地为所欲为，没有任何自我约束。

"我罢工了。我宁愿把自己的腿砍掉，也不要挨人操。你知道整个马克斯·莫斯利案件的花销吗？40万英镑。你知道乐购公司诉《卫报》花了多少钱吗？40万英镑。"

卡洛琳："你觉得他们应该收多少钱？"

朱利安说了一个数。

卡洛琳："我觉得应该比这个数高一点点吧。"

*

一周后，朱利安打电话说"可能有时间"看这本书了。他的时间问题总是莫名其妙的。他说无法遵守这些不可能的期限，可沉船在即，他倒是从未耽误过任何独家采访、节日或颁奖仪式。他给的漂亮理由是，那都是为了满足公众的需求。

先下雪，然后又下了似乎几个月的雨之后，埃林厄姆别墅的花园里鲜花盛开。我到时，只有沃恩·史密斯起床了。他打开门，跟我在厨房里聊了起来。沃恩并不知道我对他和朱利安之间的紧张状况有所耳闻，理所当然地想打听书的进展如何。我没有告诉他太多，但他肯定很清楚情况有多糟。他对朱利安周围的人很有意见，认为基本上所有跟他接触的人都有所图。不知他是否知道，史密斯自己也总是被这样指责，主要是被朱利安。

朱利安大笑着下楼来，叫我跟他一起去警署。莎拉开车，我们跳进车里，他兴奋地告诉我他在阿富汗找到几个人，要去发掘阿富汗媒体的偏向性。他在车上打了几个电话，在阿富汗的人显然没什么人脉，困在那里没事干，于是朱利安给他的冰岛同事克里斯汀·赫拉芬森打电话，让他想想办法。后来我听见朱利安给一个活动组织的熟人打电话，让找一些当地人，好把他的人引到有故事的地方。在去警署的路上，他做着记者的工作，令人印象深刻，他很擅长这个。如果乐意的话，他可以施展一种道德魅力把事情做成。那个女联系人给了他一些号码，他转交给他的小组。我说"小组"，因为我相信他们就是在世界各地根据"维基解密"的工作制作有线电视节目的剧组。除了法律辩护以及他与各个媒体组织的周旋，这就是他最近几个月主要关心的事情。在车上，我们还讨论了导演亚历克斯·吉布尼。他的纪录片得过奥斯卡奖，已被选定拍一部关于朱利安的电影（2013年上映了）。"在提供编辑意见方面有问题，"朱利安说，"我们想要有些控制。但这人很不诚实。他还有一种傲慢。他当时派了一个同事来采访我们。我们常常发现有人会悄悄录音，就对她搜身，看有没有藏录音设备。结果他发来一条愤怒的短信，说这是严重侮辱云云。"朱利安一向对正在酝酿中的电影计划非常感兴趣。在他心目中，这本书的"电影版权"一直是最重要的。他经常谈这些，但又对表示感兴趣的电影制作人大加批评。他很喜欢舌尖一转，就把保罗·格林格拉斯、亚历克斯·吉布尼和斯皮尔伯格都消遣了。

我们三人去了镇上一个全粉色的小餐馆，点了三明治和蛋糕。在外面坐下来时，朱利安的注意力转到几个路过的年轻女孩身上。"等等，"他说，然后把眼睛转开，"不行。"他又说："本来挺好的，直到我看见她的牙。"一个女孩戴了牙套。莎拉回来了，问我们在聊什么，朱利安说在欣赏几个十四岁的女孩，"直到她们走近了。"我写下这些，不是要表现朱利安有性侵倾向，我认为他并不比我认识的其他数百个男人更过分。不是那个意思。我讲这个故事是想显示他能如何自得其乐。他完全意识不到他的自得其乐经常造成麻烦。他丝毫不懂得别人。难以想象还有这样的领导人，可以毫无例外地把每个人都看走眼，误读他人的动机、需求、价值观、才华和忠诚，从而毁掉他们对他的用处。我和他在一起的时候，他总是很热情，但我也可以看出，他更为我喜欢开玩笑这一点开心，而不是因为我是专业作家这个概念。后者只在他要找一个作家那五秒钟内重要。但我俩都喜欢浪费时间，喜欢引诱权威上钩，这些才是我们能够维持关系的真正原因。他以为我是他的人，却忘记了作家是干什么的。作家是喜欢把事情记下来的人，或许还要寻找真相，追求透明度。

他永远处于事情可能会泄漏的恐慌中。但他是非常糟糕的管理人员，是自己弱点的奴隶，因此意识不到他其实是在制造早晚会在眼前爆炸的炸弹。我相信他的许多不幸事件就是这么造成的。他对自己的正直和智慧有高度信心，却又发现其他人也有他们自己的观点，比如什么算好的新闻报道，什么算恰当的性爱。或许他就是让自己陷入困境的帮凶，这点让他糊涂。事实是，他缺乏自控能力；他的前同事批评他的大部分内容可能都是实情。他敏感、喜欢玩阴谋、不诚实、自恋，并且认定经手的资料就属于自己。或许朱利安并非丹尼尔·埃尔斯伯格或约翰·威尔克斯，而是查尔斯·福斯特·凯恩，在追求个人感兴趣的真理时滥权且凶猛。[1] 最终事实可能证明，他的动机并非出于高尚的原则，而是至深的感情创伤，但也许我们得等到电影的最后一幕才知道。

坐在咖啡馆外面，他的注意力落在更新的伤口上。"我想，表现宽容总归不错。他应该知道我这是高姿态。"他是在谈哈里·斯托普斯。

---

[1]　丹尼尔·埃尔斯伯格，五角大楼文件泄密者；约翰·威尔克斯，18世纪激进政治家。

"无所谓啦，"我说，"他只是研究助理，把这事忘了吧。"

"他不应该在背后叫我混蛋。"

"他没有在你背后叫。他当着你的面说的，但你当时忙着撞门而出。"

"好吧……"

"更重要的是如何完成这本书。很快我就得去干别的事了。本来只答应帮到 4 月 1 日的。问题是你不能专心致志地写这本书。"

"我挺专心的。我只是需要以某种方式完成。外面有一个很大的粉丝群。他们会买这本书的，如果里面有正确的信息，并能激励他们的话。"

"我们还需要什么？"

"它应该更像安·兰德的风格。"①

我惊讶了一秒钟。这又是新的。"我可不知道能不能帮这个忙。"我说。他拿出手机，又打了一个有关阿富汗的电话。

*

回到埃林厄姆别墅，阳光把餐厅里的阴郁一扫而尽。我望着窗边的桌子，仍记得 1 月份时，把写着所有章节的卡片都放在那上面，以呈现书的雏形。那时候我几乎不认识朱利安，但他只扫了一眼布局，就同意了，我记得私下以为这会是一个很好的合作。当初，我们半夜审视这些卡片，我认为他看到了一个机会摆在面前，就像这样把故事说出来，避免吹嘘，说实话。但如今，在这个阳光明媚的早晨，我知

---

① 安·兰德（Ayn Rand），畅销小说《源泉》和《阿特拉斯耸耸肩》的作者，其个人主义和理性利己主义理念影响深远。

道他更喜欢名气。他正在跟我和莎拉讲他即将去参加海伊镇图书节的事。"你去过那儿吧？"他问。

我觉得这简直是疯了，竟然会考虑去文学节谈论一本没有完成、没有发表、可能永远不会发表的书。

他说："我会选读你写的比较好的部分。然后我会发表一个新的政治主张。后者将成为头条新闻，前者会让人惊讶。"我惊讶莫名。

《每日电讯报》会派一架直升机把他带到海伊镇。他想让我跟他一起去。

"我讨厌直升机，"我说，"我不会去海伊镇谈一本没有写完的书。更不会谈一本名义上是秘密帮你写的书。我干吗要这么做啊？"

他说："是个墙上有耳的好机会啊。我还想这书应该多一些'墙上有耳'的内容。"

他一直说自己在最早的草稿上做了一些工作，但找不到了。那个下午，我为这本书提出第二份草案时，朱利安搜索了房间里所有的笔记本电脑，一共八台，找他做了"标记"的版本。看他东找西找地忙活挺可怜的，因为显而易见，他从未在任何版本上做过笔记。

这事对他实在是不堪设想。他的谈吐是挡都挡不住的自我爆料式，但要将这些一一记录下来，成为"故事"，他显然又感觉被困住了。找标记版本这事似乎是最后一根稻草，我知道我们都被涮了。至此，他已经找了至少半打的主要理由。如果不是截稿期，就是他那个所有传记都是"卖淫"的观点，或没有时间阅读材料，或太累了不能接受采访，或需要独处六个星期好坐下来"集中精力"写他的"前景"，或痛恨所有的钱都会被律师拿走。还从未有过一个人，让我如此深切地体会到自己是成年人了。我这是作为一个十三岁儿子的父亲说这话的。

我们说好过几天我回来时，他将做完所有的标记。"我再找一会儿再放弃。"朱利安说，继续搜索笔记本电脑。他的另一个年轻助手特里斯坦，在伯恩茅斯学习视频制作。当时他正在挑选电影镜头，作为我们可能用在书里的"场景"。他给了我一个硬盘带走。回到家中我发现，最主要的一个片段竟是大家围观朱利安刮胡子（一共有三百多个小时的镜头）。

　　根据他的保释条件，朱利安白天可以自由活动，只要晚上10点前回到埃林厄姆别墅就行。我生日那天和朋友们在圣潘克拉斯酒店晚餐时，朱利安打来电话，说他要来伦敦。第二天，他带着两个同事来到我的住处，一位是个我从未见过的有白化症的漂亮小伙，另一位是个害羞的美国女孩。他一进门，就到处走动，说是找窃听器、其他出口，或可以过夜的地方。看来无论去哪里，这几项都是他首先考虑的事情。我把他带进客厅，他马上瘫倒在沙发上，看起来憔悴不堪，衣服全破了，一副被追杀的样子。我问他饿不饿，给了他一块蛋糕。

　　现在他把他的律师骂作"龟孙子"了。他告诉我，斯蒂芬斯指责说要求律师费打折扣是要把他的屁股晾起来晒干。"他降了一点点，这里2万镑，那里4万镑，但这个费用仍然恶心人。"朱利安说。一个小时后，他要去卡姆登镇与人权律师加里斯·皮尔斯会面。他希望皮尔斯在下一次上诉听证会上做他的辩护律师。

　　他没找到做了标记的书稿，也没有做任何答应好的事情。我们又浪费了四天。我递给他一份"个人前景"的草稿，他说当天晚上会读。"不，你不会读的，"我说，"这本书不会出版，对吗？"我觉得他第一次多少有点诚实地看着我。"你这几个月根本就没有落笔，你发现整个事情太困难，你无法面对它。你现在必须直截了当地告诉出版商，可你又做不到。"

"我知道。"

"你必须主导这件事情。里面牵涉了200多万美元和四十多家间接的出版社呢。你不能把所有的人都涮了，还指望能没事儿。你得立即刹车。"

"书会出来的，就是晚一点……"

"我知道。但你的合同现在就到期了，而且你的合同是一本自传。你把坎农格特给你的钱还回去，还钱很重要。其他人嘛……"

"可以告我啊。"

"随你怎么说。但没有人死了。只是把钱还了，也许数年以后，你会有一本书。许多人等到职业生涯结束后才写回忆录是有道理的。"

"咱们把它再晾一星期吧，"他说，"到时我会更清楚我的法律处境。"

"给你一个礼物。"他站在门口说。他给了我一小盒"白将军"鼻烟。"来自瑞典。"他笑着说。我摇摇头，关上了门。

等我再跟杰米讨论时，他说："这事全靠你稳住。"但我不想当这个角色。我没有签字当"执行制片人"。接着消息传来，冰岛出版社要取消合同，其他国外出版社也开始打退堂鼓了。杰米给朱利安和卡洛琳·米歇尔写了一封信，也给我寄了一份复印件，外加一个小条。"如果这都不能让朱利安惊醒，"他说，"这个游戏恐怕是真的结束了。"

朱利安打电话问我要不要再考虑考虑，第二天一起坐直升机去海伊镇。我说我要照顾女儿。他说把她也带上。"不行。"我说。对朱利安而言，无论什么事，都是场面先于战术，他无法理解我和他在海伊镇一起走下直升机并非好主意。他还告诉我，他和加里斯·皮尔斯已经正式签约。

莎拉打电话说，她想见我，并给我一个硬盘。里面有很多秘密，必须亲手交给我。她正在伦敦跟一位朋友午餐，我们安排好她下午来。她大约下午3点到了。我烧了咖啡，她往厨房的桌子边一坐，就开始吐槽，关于组织，关于朱利安，讲了两个小时。"他已经多次威胁要解雇我，"她说，"总是因为莫名其妙的理由。其中一个竟是因为我拥抱了另一位工作人员。只是拥抱他啊，就像拥抱朋友一样。朱利安说那是'对我非常不尊重'，就跟我急了。还说，我说那家伙很好闻，让他难堪。确实很好闻，因为他刚刚洗完了澡啊！朱利安很生气。还有一次他说什么'你就是下一个多姆沙伊特–伯格'。'如果你离开，会制造一些麻烦。'他不告诉别人我的职位是什么，有一次他说'你是我的二号人物'，但他不会跟别人说。结果呢，如果我想跟克里斯汀谈话，他就会说'你以为你是谁啊'。我没有正式权力。只有朱利安有。"

她告诉我，他们因为加拿大的一个合同大吵了一架。朱利安已经跟加拿大广播公司和其他加拿大媒体谈妥，却要在最后一分钟反悔，她直言反对。结果他不仅要否决她，还花了好几小时说服她他是对的。"经常这样，"她说，"他什么也不做，我得不断提醒他。然后，就像加拿大选举的事儿一样，他在最后一分钟跳进来。他会犯下一个巨大错误，我是这么告诉他的。之后，他就把整个事情都怪在我头上，并说他都想要炒我了，但恐怕不会。"

我们又谈到这本书。"公平地说，"她说，"他从来没想做。马克·斯蒂芬斯不停地鼓动，一不留神卡洛琳·米歇尔就参与进来了。又牵涉这多钱，最后合约也签了。他不想写这本书，但现在只是任由事情变得越来越糟。他打电话要我给杰米解释，然后又什么都没说。"

"真是灾难。"我说。

"是啊，"她说，"他不想让人看到他的心思是怎么转的。"

我暗示说，一个喜欢自己声音的人却要找人代笔，确实有点奇怪。随着谈话的继续，可以看出她既爱他，又困惑不堪。她说，她知道他对她忠诚，只是因为他们"被困在那幢房子里"了。一旦自由了，他就会去追其他女孩。"他公开找女孩聊天，把手放在人家屁股上。"她说，"而我跟另一个男人说说话，他就大发脾气。"她说他受不了她不在身边，认为她完全不应该见朋友，或度假，或"抛弃"他。

我问及性侵指控。我说，和他在一起这么久，他一直没有真正澄清过到底发生了什么。"是挺怪的，"她说，"他干吗要和那些女孩待在一起啊？他并没有强奸她们，但他是真他妈的愚蠢。"

她说她现在明白了，多姆沙伊特–伯格他们其实是对的。"我不同意他的做法，"她说，"但可以看出，他恐怕只是想说点什么实话，却因此被痛恨。朱利安就是这样，他不能聆听。他不理解别人。他会让我凌晨三点给约翰·皮尔格打电话。有的担保人是给了 5 万元，但那主要因为他们是杰米玛的朋友，他却以为能让人家半夜三更给他东西。荒唐极了。"

她说朱利安让她来说服我明天去海伊镇。我说我不能，有女儿在身边。我说我认为整个行程都很荒唐。杰米以为他会从书中读一些片段，提前打广告。事实上，他只会接受采访或做名人秀。所有的讨论、所有的威胁、所有的劝说，还有我所有的工作，都是白忙。朱利安早就知道他要把这书搅黄了。他只是没种告诉我们自己做不了这事。

"我认为他没有那种正确的心态，敢把自己的名字放在回忆录上。"我说。

"我知道，"她说，"但他可能也希望变成一本'墙上有耳'那种旁观者的记录。"

现在的稿子就是了，但他也讨厌这种风格。像莎拉在我的厨房里那样，或像我现在这样自由自在地说话的冲动，必须符合他的旨意才能接受。恰如幽灵般的逆袭，他对政府和企业的秘密穷追不舍，是因为他恐惧自己被暴露。他的最大秘密就是要掩盖自己除了名声之外的一切。

来自海伊镇的消息传到我这儿了。对他的露面反应不一。他被形容为虚胖且蓬头垢面。在场的拉尔夫·费恩斯说这个事件"引人注目"，但又暗示这也让他感觉非常不舒服。

*

6月5日，我到埃林厄姆别墅接上朱利安，带他去警署。他上了车，脸上还有床单印，头发胡乱支棱着。"生活太不公平了，"他说，"我还在做梦呢，走在一个沙滩上。那条小道漫长陡峭，晃晃荡荡的，延绵数千米伸入海里。我刚好走到一处，发现很多丢弃的潜水服，脚套尤其多，而我光着脚，又很想下海。我在里面找，有俄罗斯人的，有法国人的，肯定都是捞螃蟹的渔民留下来的。我找到一件，正往上套，我都可以看到水下了，然后这个可恶的闹钟，就是莎拉，吵醒了我。"

我们在贝克尔斯的一家早餐店逗留。他说我们应该取消合同。他说，他不在乎这个决定对美国人或他的经纪人有什么影响，但觉得对不住杰米·拜恩和坎农格特。我重复说，他必须把钱退还给坎农格特。他说会的，钱在他的经纪人那里。"你和我还可以继续合作。"他说。

"行啊，"我说，"但你要么遵守这份合同，要么取消。没有折衷的办法。"

"我知道，"他说，"会被取消的。其实我很遗憾，因为我认为可以用它在瑞典案子上抢先。到了审判期间，那里的媒体会有很多关于我的垃圾，正在等待发表他们的版本，我应该在那之前揭露真相。"他让我为他工作，做他"指定的历史学家"，"一起出入各个国家，参与各种项目"。他说他认为一部叙述性非虚构杰作即将开始。"假以时日。"他说。

"几个月可不够。"

"对。"

至此，莎拉写信给卡洛琳·米歇尔，说合同应该取消。杰米试图说服我，由我来写朱利安·阿桑奇认可的传记，并要预支我一半的版税（约150万美元），但我拒绝了。杰米已给桑尼·梅塔写过信，希望这本"补救书"仍然可行。但正好就在另一条电话线上，朱利安告诉我，不会再有第二本书。

在埃林厄姆别墅，桑尼·梅塔和其他人参加的那次会议无异于折磨。桑尼不得不坐在那里两个小时，听朱利安讲授权力、腐败、警察国家，还有出版业的真相。这位克诺夫出版社的总编辑几乎什么都没说。

下午一点，朱利安·阿桑奇写书的闹剧，终于在伦敦兰姆水管街的西加拉餐厅寿终正寝了。这是杰米去我的公寓描绘这个计划的一百五十九天之后。此时，他走进餐馆，还是老样子，没被击败，像是还可以再来十二回合拳击的样子。同一段时间里，埃及和突尼斯赢得了问题重重的自由，利比亚战争爆发，我访问了澳大利亚，我父亲去世了，我戒了烟，并且对阿桑奇之事一言未发。朱利安·阿桑奇请我帮他找到自己的声音，再让我帮他丢掉那个声音。那是一个做听众好、做发言者糟的季节。我就按照这个教导一板一眼地行事。

这话是伊夫林·沃（Evelyn Waugh）说的：当一个家里诞生作家时，这个家就完蛋了。当别的家庭找来一个作家，结果又有什么不同呢？朱利安想要一个兄弟、朋友、公关大师、幕僚长以及演讲撰稿人，他还希望这个人是有名望的作家。当他和《卫报》《纽约时报》和《明镜》那些人一起工作时，他无视对方都是有几十年经验和信仰的记者。对他而言，他们只是传声筒，可能还是他的追随者。即使到了今天，他仍然惊诧不已，原来他们还是独立的男人女人啊。在"合作"的构想结束以后很长的一段时间里，我与他私人性质的交流仍然继续着，但他始终不记得我首先是一个作家，是一个独立的人。朱利安是那种演员，相信剧中所有情节线都是为他的情节服务的；别的人物本身没有实质意义。人们根据这些事例推测，他有阿斯伯格综合征 ①，他们可能是对的。他认为每个主意都只是他头脑中溅出的火花。这就是他的荒唐之处，再加上朱利安说谎的程度，让我相信他可能兼有一点点疯狂、伤感和坏心眼，虽然"维基解密"这个项目本身具有正义之光。就我个人来说，当他迫切希望我和他一起乘坐直升机飞往海伊镇时，就是我澄清我们关系的那一刻。他想让我见证他在直升机上，他想让我协助他活出另一个版本的自我来。他不过是去一个图书节，讨论一本我俩都知道永远不会出版的书，这一点倒是无关紧要。他正从"梦幻岛"飞来，而且有自己的巴里随行 ②。对这个昆士兰来

① 阿斯伯格综合征（Asperger's syndrome），又被称为高功能自闭症，指患者有一些自闭症的特点，比如社交障碍和非言语交流障碍（使用手势等），但是语言和认知能力正常。

② 指《彼得·潘》的作者詹姆斯·马修·巴里（J. M. Barrie）。在这部童话中，"小飞侠"彼得·潘永远长不大，孜孜不倦地带孩子们去"梦幻岛"享受自由自在的童年时光。

的失踪男孩，对这个银发飘飘、笃信成人世界没有真正立锥之地的小男孩而言，还能有比这更美好的吗？我拒乘直升机，但并没有拒绝他的这一面，而只是让我自己保持一定距离，好看清楚这一切的含义，也看清楚自我：我得不断努力成长，远离自己失去的童年。那天我坚持独立，和女儿一起放风筝，躲开那个人臆想的自我，似乎是个正确的决定。

去西加拉餐厅和杰米一起吃午饭时，我让我的经纪人德里克·约翰斯同去，并建议卡洛琳·米歇尔也参加。卡洛琳来之前，杰米说，现在他希望这本书可以叫《阿桑奇》，安德鲁·奥黑根著。他说已开始说服朱利安，这不是一本他可以否决的书，而且这将是他为自己辩解的最好机会。"他永远不会再有这种机会了，有一个他信任并熟悉材料的作家。他说他愿意，只要他能帮助决定书里应该包括的内容。"

"他现在可能会同意这个建议，"我说，"但他会想方设法阻止书的出版。相信我吧。你是在为自己编织一个大噩梦，以为这本让他讨厌的第一人称的书，可以摇身一变，改成第三人称出版。还是同样的内容，他照样会反对的。"

德里克同意我的看法。杰米最终也认识到，这本书不可能在这些条件下出版。在那个意义上，合作的问题已经结束了。即使付给朱利安一分钱算是获得他的授权，但考虑到目前的尝试已经失败，我也不会再在另一本书上花时间。我告诉他，我会继续用自己的时间跟踪"维基解密"组织的活动，但没有既定的目标。

"朱利安给过你那些邮件吗？那些关于'维基解密'如何成立的邮件？"卡洛琳问。

"没有啊。"我说。他从来没有找到过任何材料。正如他从来没有找到过有标记的书稿一样。"有什么意义呢？他又不想要书。"

"但他确实想要一本书。每次我跟他提起来，他都会说：'我想要一本书。'"

"但'我想要一本书'是什么意思？他想要一本书，但不想写出来？不想做任何事？不答应采访或不喜欢根据采访而写出来的东西？他究竟想要什么书？"

"我也不知道。"

"他不想要书。以这个合同为基础的合作已经结束了。""没错，"杰米说，"你已经向他解释过了，我们要求全数退款，克诺夫出版社也一样。很遗憾这个合同取消了。"

"他宁愿说是'暂停'。"

"不，"德里克说，"你必须讲清楚。这并不是暂停，也不是推迟，而是取消。"

"但他说想继续和安迪合作。"卡洛琳说。她停顿了一下，和我交换了一个长长的眼神。我想她是希望我以某种方式挽救这一切。"这也太令人泄气了，"她补充道，"一本很好的书等在那里呢。"

"我知道，"我说，"但他无法正视。"

"马克·斯蒂芬斯认为他精神崩溃了。"

"也有可能。"我说。

*

因为所有这一切，始终困扰我的一个问题是我们已经偏离"维基解密"发起的工作多远了。我相信在这个阶段，在司法上诉和自传争议过去之后，"维基解密"组织仍然可以重组，回到使朱利安成名的核心工作上来。但是，现在强有力的证据表明，他已经完全忙于解决自己的法律问题，并为了自己的声誉，与以前的合作者们冲突不断。他一直把布拉德利·曼宁 [①] 的法庭材料问题放在心上，但他显然不能带头为曼宁辩护，理由很充足：他仍然得假装不知道曼宁是阿帕奇直升机杀人视频、外交电报以及阿富汗战争日志的来源。而正是那些资料使得"维基解密"名正言顺地成了世界上新的道德力量。我依然深信，对电报的真正研究还未完成，如此多的军事和外交阴谋，虽然可以改变局势，其影响仍未被深究。我一直想，如果朱利安认认真真且有战略眼光，"维基解密"应该不仅仅是把东西打包放到网上了事，而应该督促对资料进行编辑，并以具有永久历史价值的形式发表。维索出版社（Verso Books）的佩里·安德森也有同样的想法 [②]。我向朱利安建议，应该做一个系列"维基解密世界地图"（*Wikileaks Map of the World*），为这个有史以来最大的安全泄密资料到底揭露了什么进行恰当的学术研究，包括专家评论、注释、论文和简介。这将为该组织留下一个持久成熟的遗产，可以把早期工作强有力而有条不紊地持续做下去。

朱利安来我在贝尔塞斯公园的住处吃午饭。塔里克·阿里来了，

---

① 布拉德利·曼宁（Bradley Manning）是"维基解密"获得的美国政府机密档案主要来源，曾为美军陆军上等兵，因负责情报分析工作而拥有访问政府数据库权限。2010 年他因将 25 万份机密文件泄露给"维基解密"而遭美国政府逮捕。这些机密文件中包括 2007 年美军"阿帕奇"武装直升机在巴格达射杀路透社记者等十多名无辜者的视频。他于 2013 年被判刑 35 年，于 2017 年因奥巴马政府特赦获释。服刑期间，他接受了变性手术成为女性，改名切尔西·曼宁。

② 维索出版社又可意译为左页出版社，是以英美激进左翼知识分子杂志《新左派评论》为基础发展起来的出版社，佩里·安德森曾长期担任该杂志主编，他和下文提到的塔里克·阿里都是《新左派评论》和维索出版社的灵魂人物。

《伦敦书评》的主编玛丽-凯·维尔梅斯也来了，还有维索的一个美国编辑，名叫汤姆·默特斯。安德森的想法是，维索出版一套丛书，或者一本书，其中每个章节解释"维基解密"公布的美国电报如何改变某个国家的政治立场。譬如说，由一个了解意大利的作家介绍意大利那一章，其他国家类推。这样的书将会做得非常细致高质量。朱利安在开始、中间和结束时都发表了高论。他显然喜欢塔里克，但完全不知道塔里克是一个比他更了解世界的人。虽然这个出书的想法来自维索，朱利安倒是热衷于跟我们宣讲大多数学者如何被所在的院校腐蚀。

午餐中，我问朱利安，跟坎农格特的事情是否有所行动。他说那里一切都好。"不对吧，"我说，"问题不会消失。你欠人家50万英镑。"他想抽雪茄，我找到一支。"会好的。"他说。换了谁都会赶紧抓住维索这个项目的机会，但朱利安坐出租车离开时，我就知道他绝不会给塔里克打电话，也不会为大家商量好的计划做任何准备工作。朱利安更关心这个想法是他的，即使他根本不会让这想法开花结果。这次会议要求的是负责任的行动，而朱利安爱的是不负责任的反应。这次会议的五年之后，维索出版社将会出版一本远不如当初设想得那么雄心勃勃的书，只有一本书，书本身不错，却令我想到贯穿我与阿桑奇交往的那种满满的无力感，那种浸润着贝尔塞斯公园那顿午餐上的葡萄酒、听着他那独自演说的无力感。

我收到他四十岁生日的请柬。"来吧，与'世界上最危险的人'一起庆生。"请柬上写道。在伦敦，人们听说会有派对时，都流露出来一点旧时候赶时髦的激情。一个电影导演、一个医师还有一个作家都在我的语音信箱留言，问我是否要去参加"大派对"。到了那天，我带着一个非常好奇的朋友去了埃林厄姆别墅，发现自己进入了一个吉卜赛人隆重的婚礼上常见的那种帐篷。朱利安的父亲也在，我跟他说了会儿话，没想打听什么，只是要熟悉一下这个颇有些骄傲、文质彬彬的男人。不知为什么，这个派对不热闹，很奇怪，就像有的家庭聚会没人考虑到音乐，或孩子们跟大人要玩不同的东西。有一个别扭的拍卖，上拍的都是朱利安在监狱里用过的东西，我觉得太自我了，又不合气氛。薇薇安·韦斯特伍德在挥着胳膊叫价。协助马克·斯蒂芬斯工作的律师詹妮弗·罗宾逊和我简短地聊了一下，说起事情的变化来，她直翻白眼。"我们得谈谈，"她说，"到底发生了什么？整个形势正在失控。"

下一张桌子旁，杰米玛·汗勾着手打了一个手势，意思是"给我打电话"。

*

2011年7月底，坎农格特出版社告诉我，他们打算不经朱利安授权就出版书的第一稿，编辑尼克·戴维斯写了不署名的前言，列举了在书不完整并没有朱利安授权的情况下出版的理由。我个人觉得，我应该做的是既不帮他们，也不妨碍他们把钱找回来。这是朱利安和跟他签合同的那些人之间的纠纷。

8月7日，坎农格特的戴维斯从爱丁堡的办公室来到我在格拉斯哥的住处（我的一个剧本在那里彩排）。他对那个前言以及书稿的各个方面都有些不放心，我同意再看看，避免双方打起来。尼克竭心尽力，前言写得非常大度得体。它明确解释了坎农格特为何认为这本书符合他们的意图以及合同的条例，但也清楚表明出版没有朱利安的授权。我提了几点建议。我建议尼克承认这本书对于朱利安而言太触及个人生活了，因为他就是这么告诉我的，以防有人怀疑他的反对意见是基于政治。

我翻阅书稿，又建议删除《卫报》记者大卫·利和尼克·戴维斯的名字，因为并不清楚朱利安说的话是否公正，我觉得他们可能会起诉。利和戴维斯都给我发过邮件，说如果这本书诽谤他们，他们会告上法庭。我觉得杰米尽管胆大，也不必让自己陷入法律烂仗。编辑同意做这些修改。我们没有讨论瑞典那一章，其中有朱利安对强奸指控的反驳，但我估计他们可能不得不修改。该案仍在审理中。

卡洛琳·米歇尔打来电话，说杰米不回电话了。朱利安现在"想要谈谈"，再后来他又完全不提整整四个月自己冷落人家的事实，却把他们那段时间的冷落当作把柄。为了把别人彻底坑了，他会走到哪一步？9月1日，答案有了。在推特上，他跟关注者们辩论多时后，朱利安决定把布拉德利·曼宁提供给他的一共二十五万份美国电报的缓存文件放到网上。他把责任推给《卫报》，尤其是大卫·利。我意识到这是他经常使用的一个策略。他坚称利在他的书中加了一个密码，可以解密"维基解密"存在网上的文件。利始终坚称这是无稽之谈。这个举动再现了使朱利安臭名昭著的各个方面：对美国的仇恨；炫耀网络安全性虽然并不真知道它是如何实现的（为什么会把这些文件存在网上？）；"怪罪文化"，一定要证明他的所有敌人都失败了。大卫·利的书已经出来七个月了，那段时间内，或在他跟我进行的几十次采访中，朱利安一次也没提到过这本书里可能有密码。他没有一次提及这个问题，或试图去改正。要么是他忽视了，正如他忽视那么多的紧迫问题一样，因为他不愿意操心，又不勤奋，总是相信问题会自行消失，仅仅因为他希望如此；要么，但这是我个人的看法，他根本就没读过利的书，只读过同事或网络提供的节选。任何公司的员工或安全团队这么做都是不可原谅的，更不要说一个拥有成千上万秘密的机构。但朱利安是不能被裁掉的，正如这世上所有不能被裁掉的人一样，他是靠傲慢自大做决策，而非清醒眼光和经验。把这些电报倾倒在网上毫无意义。他这样做会给里面提到的人造成危险。（阿桑奇认为隐私是没有必要的，但他是错的。）在他泄露这些电报之后，许多盟友都转而反对他。仅仅为了报复《卫报》，他毁掉了自己作为一个负责任的出版人的最后声誉。我听说此事后垂头丧气，感觉这是他未来灾难的预言。

我接到许多电话，要我谈谈这些事，但我一概不作答。我既没能写出我想象中的奇书，也没能老老实实地躲在暗处。电子邮件源源不断，请我竹筒倒豆子都写出来；而且似乎来自世界各地，我简直无法动弹了。我本来就不情愿写太多，又还想维护我最初代笔的初衷，再加上对朱利安脆弱一面的保护心理，尤其是（不是"尽管"）他扮演了自己的敌人的角色。我实在难以忍受他犯错的程度，不想去描述。至少当时是不可能的。我知道我需要几年时间，事实也的确如此。

杰米打电话说，他们准备告诉朱利安这本书就要出版了。坎农格特打算在印书之前，而不是之后，对付阻止出版的企图。他们的律师断定，朱利安违约了，如果想阻止出版，他们就上法庭去争出版权。2011 年 9 月 7 日，给阿桑奇的信寄出去了，"我们将在本月出版你的自传；这本书将于 9 月 19 日开始印刷……它没有你的正式授权，你有权跟我们的出版品保持距离；但基于我们原来与你签订的合同，你拥有本书的版权。我们收回成本之后，将支付你的版税。"

我当时在格拉斯哥，朱利安给我打电话，我正在伦菲尔德街旁的一条小巷里，很难听清他在说什么，反正是大骂坎农格特，并说会寻求禁止令。我已经从卡洛琳·米歇尔那里得知他和"维基解密"有经济困难，没钱打官司。在英国你必须向法官证明如果输了，你可以负担费用。"但你4月份就拿到了书稿，"我说，"却什么都没做。"

"不对。过去这几个星期，我一直想跟杰米联系，"他说，"他不回电话。显然是从今年夏天起就开始计划了。"

律师交换了信件。

我试图说服朱利安诉诸法律不管用。还不如拿到书，做一些关键的改动，否则就晚了。我说我可以帮他，以确保他不那么容易受攻击或起诉。我告诉他，我已经把他提到的那些记者的名字拿掉了，因为朱利安没有提供另一面的说法。我俩同意书稿有两个地方可能给他造成危险。第一，布拉德利·曼宁问题。他坚持要把"来源据称是"放在曼宁名字前面，我说我会转告。其次，整个瑞典章节必须重新过目，以保护他在瑞典的案子。"明后天看一看并做改动，"我说，"把它们交给我，我会强迫坎农格特修改。这是你最好的行动方案。"

"我们可能双管齐下，可以试试你这方法和禁止令。"他说。但我知道这需要比他愿意付出的努力更多。他的惯常做法是任由整个事情失控，然后跟对方在推特上打仗。

"如果你不做标记，"我说，"如果你消失在你的泡沫里，我们就回天乏术了。他们会根据现在的书稿出版。"

"好吧，"他说，"我同意。"然后什么都没做，没有在书稿上做任何标记。

我最终告诉杰米，他应该做好要修改的准备，然后才有可能得到朱利安的支持。"行啊。"他说。

朱利安问我能不能让把瑞典那一章送给海伦娜·肯尼迪过目。肯尼迪现在负责朱利安的几个法律问题。我说我会试试，我让卡洛琳对杰米施加压力。我也问了杰米，他说他认为没问题。但杰米一心要保护他的出版和向他购买版权的那些人的权利。可想而知，他不愿意再拖延，也不愿再把稿子给朱利安，除非朱利安同意签署一份声明说他不反对书的出版。朱利安不肯，又准备干架。我打电话问杰米："你不想要他的修改，是吗？"

"到这地步，我根本不相信他会做。"

"也算公平。圣诞节前你不会有书。但我能看出来，谁也不能说服你推迟出版了，哪怕是托尔斯泰本人。"

"对，我们不能再拖了。已经太过分了，给了他那么多的机会。我们就要出这本书。这正是我们想要出版的书。"

随后，杰弗里·罗伯逊被朱利安雇来审查这本书，完全忽视坎农格特正要按下电钮。没有时间了。

9月19日，坎农格特出版社开始印书。"我们为这本书感到骄傲，他让我们别无选择，只能出版。"杰米说。卡洛琳坚持到了最后一分钟，想阻止出版，但即使到这种关键时刻，她的客户还是几乎不回她的电话。

消息泄漏了。我上床睡觉之前，在手机上看到《观察家报》的尼克·科恩发来的信息，几条《苏格兰人报》发来的，还有《卫报》艾斯特·艾德利的一条。杰米说，水石书店有人打电话给《卫报》，说他们拿到一本。《独立报》在网上发了一篇报道。是杰米为他们安排的——他还安排了BBC的"今天"节目——预告要在第二天一早发独家新闻，报纸上还会刊登两段节选，并说我是作者，但对事情的发展感觉"不舒服"而退出了这个项目。我干脆把电话关掉了。

那一周，苏格兰国家剧院根据我的《失踪的人》一书改编的话剧在格拉斯哥上演。一天晚上谢幕后，杰米到剧院酒吧来见我。他说他要让我拥有这书的第一本。拿着它，我意识到自己毫无感觉。我不觉得那书是我写的。我唯一得到的是代笔者的特权：在一栋不属于我的房子里过了一阵不属于我的生活。

第二天，朱利安说："我们要大肆宣传，大肆揭露。我认为两者可以并行。"

"怎么做啊？"我说。

"尽可能地多宣传，这本书就会卖得好。这是好事。告诉公众我们还在打磨第一稿，出版社就急吼吼地出版了，我们就可以质疑书的权威性。我们可以在书中挑五个不准确的地方，让书的可信度大打折扣。我们会说你反对这本书……"

"等等，"我说，"这样做，我感觉不舒服。我不想成为一枚棋子。这本书在初稿的时候你不做任何修改。这是你和他们之间的事情。光说我不同意没用。坎农格特会说我做了我的工作，而你却没有，他们是对的。"

"没关系。读者不会在意这个。要告诉外界的就是我们的进程被打断了。"他说正在写一篇新闻通稿，会发给我。《伦敦书评》编辑部转来《华尔街日报》找我的电子邮件，要我谈谈发生了什么。《星期日泰晤士报杂志》留言说，我写什么都行，可以做封面报道。晚上，朱利安用推特账户发了一条奇怪的帖，说真相比小说更离奇云云，并给他的关注者提供了那本书的亚马逊页面。当晚更晚些时候，他给美联社发了一个"声明"，也即是痛骂。杰米·拜恩住在我的格拉斯哥公寓的空房间里，我可以听到他半夜还在回复短信和留言。早上他告诉我，他在跟科尔曼·盖蒂公关公司的莉兹·齐克讨论对策。杰米气得脸都白了，因为朱利安在声明中指控了他种种不当行为。

"今天我从《独立报》上的一篇文章里了解到，我的出版社坎农格特未经授权，秘密发行了我的自传第一稿 7 万字……我不是这本书的'作者'。我拥有版权，但书稿是安德鲁·奥黑根写的。违背我的意愿出版这个草稿，坎农格特已经违反了与我签订的合约，违反了信任，违反了我的创作权，违反了个人的承诺……这本书的立意是关于我为正义而奋斗的一生，即通过获取知识来争取正义。但现在它变成了别的东西。坎农格特未经授权擅自出版的各种动作，无关信息自由，而是老掉牙的机会主义和欺骗，是为赚几个钢镚儿而损害他人的生活。

"2010 年 12 月 20 日，我被释放出狱但仍处于软禁的三天后，我与坎农格特和美国克诺夫出版社签下一个合同。我同意授权出版一本 10—15 万字的书，它部分是回忆录，部分是宣言，用以资助我的诉讼辩护以及'维基解密'的运营成本。2010 年 12 月 7 日，屈于美国政府的压力，美洲银行、维萨、万事达、贝宝和西联公司都强行非法切断了'维基解密'的财务生命线。封锁至今，仍在继续……我的辩护基金也同样被定点打击而关闭了。

"这个初稿以《朱利安·阿桑奇：未经授权的自传》为名出版。书名的意思就是自相矛盾的。这是把作家与我的一个对话变成叙述并艺术化了。我很佩服奥黑根先生的写作，但这个草稿是尚未完成的工作，完全没有经过我的修正或查实。整本书都需要大量改写、扩充和修改，尤其需要考虑书里所提及的那些人的隐私。我和安德鲁·奥黑根有深厚的友谊，他支持我。

"出版社并不是从安德鲁·奥黑根或我这里拿到的书稿拷贝。安德鲁·奥黑根的研究助理出于好意，给他们看了'正在创作中的书稿'，但仅供阅读。对此坎农格特明确表示同意。但坎农格特拿到书稿后，保留下来，没有还给奥黑根先生或我。

"与《独立报》报道相反的是，我没有终止协议，也并非不愿意妥协。事实上，我于2011年6月7日提议取消现有的合同，代之以新合同和新日期。我通知了各出版社……给他们解释说，由于引渡上诉在高等法院即将开始，大陪审团正在弗吉尼亚州审理指控我的间谍案，我不可能把全部注意力集中到这本叙述我的生平和一生工作的书上来。2011年6月9日，我收到经纪公司PFD的电子邮件，告知美国和英国的出版社（即克诺夫和坎农格特）有兴趣重新谈判这本书的形式，并坚持要取消现有合同。坎农格特的所作所为恰恰是以这个各方都同意取消的合同为基础的。

"2011年5月20日，在与坎农格特出版社的出版人杰米·拜恩的一次会议上，我口头答应了在年底前交付10—15万字的书稿。在2011年6月15日（或前或后一天）的录音谈话中，杰米·拜恩向我保证，与传言相反，坎农格特绝不会未经我同意就出版这本书。我们同意重新调整这本书的内容和最后期限，并制定新合同。在一次通信中（2011年8月24日）我的经纪人写道：'我们将安排你跟杰米一对一的会面'……但杰米·拜恩并不理睬我的经纪人安排会面的努力。我的经纪人随后告诉我，杰米·拜恩也会拒接我的电话。尽管如此，我和我的两位团队成员仍然一再尝试与他联系……这段时间里，我们并不知道坎农格特的秘密计划是在未经授权的情况下出版这份书稿。

"9月7日，坎农格特通知我的经纪人他们定于2011年9月19日星期一开始印刷这本未经授权的书。我的律师告诉我，我有充分理由获得禁止令阻止印刷……依据是侵犯版权，违反合同，并且违背我有不让自己的作品受到毁损待遇的权利。

2011 年 9 月 16 日，我写信通知出版社，除非他们同意立即向我的律师杰弗里·罗伯逊提供书的拷贝，我打算申请临时禁止令。根据合同里我应有的权利，我要求给律师五天时间对稿件进行法律审查，提出适当的删改建议，以保护我们免受出版可能造成的任何不利的法律后果。杰米·拜恩试图勒索法律豁免，说除非我签字放弃对坎农格特采取法律行动的权利，他拒绝给我哪怕书中的任何一章……"

*

　　朱利安的手段之一，是把跟朋友或同事的交谈录下来，用以"证明"对方说一套做一套。这又是他从间谍高手那里学来的，虽然初衷是揭露其罪行。我对他的采访总是用录音带或笔记本同时进行；我和他在一起的时候，磁带一直在转，记事本从不离手。但在我眼里，他使用与坎农格特私下交谈的录音又是一个新的下限。至于我"声明支持他""我是他的朋友"等，这些都用错了地方。他在利用我。这不尊重我的愿望，我一直表示不想陷入这场争端。但在这个争端中，朱利安把每个人都当成卒子，而他是大家都必须保护的国王。事实是，我确实支持朱利安，可也经常做不到，而且他也知道。我尽我所能地鼓励他，努力理解他的观点和所作所为，我仍然在这样做，但我对他的观点都是公开的。朱利安的新闻发布后的次日上午，杰米希望我反驳朱利安的说法，我说他那是跟朱利安一样要利用我。时机成熟的时候，我会发表自己的版本，但在这件事上，我的任务是沉默。他们怎么就不明白这一点？

　　我乘上清晨 6:30 去伦敦的火车。乘务员给了我一份《独立报》。

封面标题是"独家转载：《朱利安·阿桑奇，未经授权的自传》"。触目惊心的。文章里面又说我对朱利安和他的出版商之间的"吵闹不舒服"了，暗示这就是为什么我决定自己的名字"不出现在回忆录中"。这是胡说八道。正是因为我坚持，我的名字从未计划过要出现在书上。我戴上耳机。坎农格特的尼克·戴维斯在《今天》节目里说："我们给了他很多机会。最后我们把合著作者拿掉了。"

在电话里，朱利安告诉我，他会暗中帮忙提高这书的销售量，且不太隐晦地在推特上加了亚马逊页面的链接。9月23日，星期五，朱利安又打电话给我。我当时站在伦敦国王学院的走廊里。他说也许这本书还是应该在美国出版。"我们可以称之为'授权版本'。"他说。我笑了。但随后他就发起抗议这本书的行动。杰米对朱利安声明中的谎言和歪曲感到愤怒，坐下来给他写了一封公开信。信写得尖刻而令人信服，但他听从科尔曼·盖蒂公关公司的建议，从未寄出。这封信指出，朱利安没有交付过任何东西，还违背了我的匿名愿望；他最好等待我哪天发表声明说明事情的真相。它还指出，所有给他的预付款都是通过他的律师支付的，至于之后钱是怎么用的，与坎农格特无关。

朱利安半夜上网的行动，通常效果是把一个坏补丁修成毒蛇窝。他从未向任何人道过歉，而是忙于把他的出版社变成最新的敌人，与之为列的有多姆沙伊特-伯格、马克·斯蒂芬斯、《卫报》、《纽约时报》、我的研究助手、埃林厄姆别墅的主人、澳大利亚政府、冰岛的活动分子朋友们，以及其他那些敢于有自己观点的人。再后来，他的敌人还会更多：杰米玛·汗、《大志杂志》(Big Issue)、巴拉克·奥巴马，以及阿桑奇自己在澳大利亚的政党。我能和他维持那么久的良好关系，是因为我一直沉默。

虚荣心起的作用非常奇怪。他并不希望这本书卖不出去，但他的行动却会导致销售受影响。可他停不下来，非要把他和杰米之间的私人电话录音打印出来，并公布那些他声称暴露了坎农格特诡计的电子邮件。我一直警告他说，他们自然也有我们采访的记录，深更半夜他坐在那里，随意诽谤他人，不乏性别歧视或反犹言论，并且随心所欲地畅谈自己生活的每个方面。那些采访里根本没有表现出什么安全意识。我在准备稿件时把这些都淡化了，删掉了那些一时兴奋说的话，或过于诙谐或只是嘲弄的言语，但坎农格特可以随时向媒体发布，诋毁他并不想要一本"回忆录"的说法，用他自己的话来击败他。我至今还保存着那些录音带，内容足以惊人。但坎农格特并没有报复或伤害他。像我一样，他们都料想他压力太大，希望在圈里人共同的包容和关爱下，他最终会停止这些举动，回到最初使他受人关注的工作上去。"你为什么不去追杀几个坏蛋？"我对朱利安说，"别再跟支持你的人吵架了。"

*

然后，就是这个沉重打击。我们这些在 20 世纪八九十年代成长起来的人，特别是在 80 年代英国的撒切尔和布莱尔治下的人，我们这些经历过北爱尔兰问题、马岛战争、矿工罢工、城市放松管制，以及伊拉克战争的人，都认为暴露秘密交易和秘密行动或许是天赐的礼物。当"维基解密"在 2010 年开始活动时，至少我自己，恐怕还包括很多其他人，都相信这可能是冷战结束以来对民主的最大贡献。一种新的开放形式突然变得可能了：新技术终于可以让人民监视那些监视他们的人，并审查据说是以我们的名义掩盖起来的秘密，还可以随时随地暴露在新媒体时代遇到的欺诈和剥削。这不是一个处心积虑的计划，但它散发出的那种理想主义，我们很多在英国生活的人很久都没有感受到了：这里左派的宏伟道德计划都非常不切实际。阿桑奇看起来像一个反战士，一个生就不与死气沉沉的党派政治妥协的人。而且他似乎与监视和反监视的网络力量紧密相连。然而，接下来发生的，是大政府反对"维基解密"的、持续至今的行动，在包括阿桑奇本人在内的许多人心目中，与针对阿桑奇的强奸指控混为一谈了。这是致命的混淆。朱利安的应对措施很不清晰，恐怕还被跟他合作的人搞得更糟。听说我正在写这篇文章，他还给我发了一封电子邮件，说如果没有经过他所谓的"适当咨询"，我说出来就是非法的。他谈及自己处在岌岌可危的境地，谈到美国联邦调查局对他的行动的调查。他说："我在没有任何指控的情况下被拘留了一千天。"你看，还是那种混淆事实的说法，暗示他被拘留与他针对美国秘密机构的那些工作有关。但事实并非如此。他滞留在埃林厄姆别墅是因为他要上诉避免被引渡到瑞典去为两起发生在那里的强奸案指控接受质询。一个能如此混淆事实的人，立即就失去了道德权威。我在写书的时候就试图把这点指出来，但他不听，有时还会暗示我太天真了，考虑不到强奸指控原本就是国外恶势力设下的"甜蜜陷阱"，或者瑞典人只是一心要把他引渡到美国去。他没有能力从别人的角度看问题，所以不明白这样混淆事实，即使在我这样的支持者眼里也是不诚实的。当他拒绝去瑞典，而去了一个不以尊重言论自由著称的小国家的使馆时，他是为自己造了一个陷阱。（他是 2012 年 8 月搬到那里去的，我当时还会见他，书已经写完了。）他对这些问题总有说法，却没有真正的答案。他不去瑞典澄清自己的名誉是犯了严重的战术错误。

到写作本文时为止，我还没做过任何跟他撕破脸或让他不安的事。我目睹了他的十几段很不错的关系破裂，并试图分析之，但我对他过于容忍迁就。当他过了线时，我是会坚决抵制，比如他让我销毁所有的采访录音时。但我试图采取与别人不同的方式，我随叫随到，因为我相信，当他企图跟威胁他的力量，包括跟他自己干仗时，或重新回去工作时，他需要一个不属于他那个小圈子里的人。这就是为什么我等了这么久才说出现在要说的这些话：我知道真相会伤害他，毕竟真相不是他的朋友。需要一个比朱利安眼界更高的人才能看出他们做错了什么；我们中的许多人，包括那些为他提供保释担保的人都很迟疑，并用我们的宽容继续讨好他。当杰米玛·汗公开与他决裂时，他并没有停下来问一声为什么一个忠实的支持者会如此愤懑不平。当我向他指出这一点时，他只是发了一通很低俗的性别歧视言论。

在自传的灾难结束九个月之后，如九月怀胎的新生儿一般，他开始了住在厄瓜多尔驻伦敦大使馆的新生活。我第一次去那儿看他时，他在使馆紧后面的一个角落房间里，身边全是从对面的哈罗德百货商店买来的礼品篮子，那是好心人给被囚者的礼物。他坐在一个肮脏的书桌后，桌上盖满了小吃和报纸。一台跑步机靠在墙边。他告诉我，警方围攻了一次没成功，还说起一些他们正在开始的项目；但话锋一转，又开始诋毁一个支持者。他一如既往地"咬给他喂饭的手"，讽刺、诋毁那些援助他的人。他说厄瓜多尔大使疯了，"在走廊上跟踪"。他说她因为不喜欢《每日邮报》拍她的照片，就认定自己很胖，于是开始一种很荒唐的节食法。我对他很好，好得过分，还问他我能做些什么，并再次提到维索出版社的出书计划，以及我想帮助他们实现这一目标的想法。他表现出兴趣，但你能看见它从他的眼里消失。

另一次会面也是在午夜左右，他告诉我，不要把我的名字告诉大使馆门外的警察。"我没有啊,"我说,"我没有义务告诉他们我的名字。""他们保存我的来访者名单。"他说,然后问我是否听说了梦工厂正在计划拍摄关于他的电影。我说知道,并告诉他,那是明星本尼迪克特·康伯巴奇(Benedict Cumberbatch)的功劳。我说我认识康伯巴奇,人好演技也很棒。他又说起演员的长相跟他自己的比如何如何。莎拉到了,我们为埃林厄姆别墅里的那些荒唐之事而笑,又谈到那以后发生的一切。当时让朱利安心事重重的上诉都失败了,但他依然心事重重,依然没少浪费时间。他对梦工厂要拍的电影着迷,并说肯定会是对他的污蔑。他说他可以拿到剧本,大概是指黑客侵入到谁的电子邮件里去,但他却不会同意康伯巴奇的采访要求,因为那样做会显得他支持这部电影。康伯巴奇反复给朱利安写信,却只收到友善但高姿态的回复,企图阻止他们制作这部电影。最后,朱利安还想要剪辑控制权。我提醒他,搞创作的人,包括作家,不可能因为受阻而改变自己的想法。康伯巴奇会对这些问题敏感,但不会怕威胁。我无法丈量朱利安理想主义的一面和他希望利用他人脆弱性的另一面之间的距离。这部电影会像这本书一样,有助于人们知道朱利安最出色的时候所做的重要工作。但朱利安只是担心他的敌人,担心他们将如何"利用"其中的模棱两可之处。但那种模棱两可,是任何值得尊重的艺术家都会从如此矛盾的人物身上发掘出来的。他的自相矛盾可以把人雷翻了。梦工厂拍电影期间的一天,他打电话来,我当时正在坎伯韦尔的一家超市里。"我有个主意,"他说,"他们会让你当这部电影的顾问。你干吗不说'同意',然后和我平分所得?"

"因为我不感兴趣,"我说,"既然你反对这部电影,干吗又想从中获利?"

"干吗不呢?"他说。

在大使馆里，他有时候看起来像只困兽。一天，他叫我进去跟他谈话。这次是一个更大的新房间，但仍然是通常的问题，凌乱，阴郁，能嗅出难以打发的无聊。一走进去，我就看出有什么事情让他感到不安。"我收到情报，你正在准备写一本书，"他说，"你有录音带，你会提到半夜到这里来拜访我。"我告诉他说，我还没有写书的计划，而且他也知道，我谢绝了不少出版社请我写书的厚酬。但我也提醒他，我是一个作家，将来某一天我是可能写的。这些猜测很正常。"那你得先告诉我，如果有此打算的话，"他说，"你先来找我。"

我说我会的。我还说了许多安慰话，但自己已经不信了。他突然爆发的"怀疑"表明他只是把我看作是他的仆人。就在那一刻，我现在正写的这篇文章成为现实。他做了如今众人皆知的事，那就是培养出了一个他最怕会来抓他的动物。那晚离开时我认识到，我跟他在一起的那些自我克制的雪夜和漫长疯狂的下午，把我带回到作家这个起始的位置。他是一个人物。现在对我而言，他是否继续他开创的工作或信守诺言都无所谓了。他是陀思妥耶夫斯基笔下的人物，是詹姆斯·霍格或约翰·班维尔笔下的人物，更是我笔下的人物。我现在要把他变成我的想象力创造出来的幻象，这也许就是他能为我所做的一切。坐在那个自造的监狱里，当时的朱利安什么都不是了，他的意义几乎不能被他自己所理解，尽管他被迫与之生活在一起。在朱利安行星上，每个月至少有十几次小内爆。2013 年他以"维基解密党"主席的身份竞选澳大利亚参议员遭遇惨败，正是因为我熟知的那种漫不经心。"本党的十三次全国理事会会议中，他仅参加了一次，"理事会成员丹尼尔·马修斯在辞职时说，"对一个自己组的党而言，这个参与率也太低了。"

*

后来，我还访问过他两次。第一次由一个新的年轻助手伊森领进去。跟伊森说什么他都点头同意。我们的谈话主要围绕爱德华·斯诺登。几乎任何话题，朱利安都会毫不迟疑地采用所谓的家长式的立场，但对斯诺登，他却表示出一种有些烦躁不安的钦佩，虽然他们从未谋面，只聊过天，并且他觉得自己对他负有主要责任。"他到底有多好？"我问。

"他排名第九。"他说。

"在世界上？电脑黑客中？那你呢？"

"我排第三。"然后说，他想知道斯诺登是否足够冷静、足够聪明，并补充说，他逃到香港前征求一下他们的意见就好了。

不带偏见地审视这个情形的话，应该能得出结论说，阿桑奇就像日渐衰老的电影明星，面对斯诺登世界超级明星的光彩有些失落了。他一直都过于看重名气，过于看重功劳该归谁，对真正的人际关系和实际行动则往往视若无物。斯诺登现在是中心枢纽了，朱利安很想帮他，也很想让大家看见他在帮他。自我就是这样运作的，自我总是排在第一位。斯诺登虽然也感激他的忠告和志同道合的情谊，但他玩的是更狡猾的游戏。他也热衷于抢功，但表现得更微妙、更友善，而且玩的秘密更大。朱利安说他希望别人不要急于为这次泄密邀功，我想他指的是《卫报》和格伦·格林沃尔德 ①。他要我帮他拍一部电影，

---

① 格伦·格林沃尔德，美国律师、记者。2013 年 6 月，他在《卫报》发表报道，详细披露美国与英国的全球监控计划，并因爱德华·斯诺登揭露机密文件的系列报道而出名。

记下在香港究竟发生了什么，他是如何帮助斯诺登的。他说他知道所有的内情和关系，能够拍出惊心动魄的惊险片来。我们详细地讨论了这个问题，我还告诉他，能让电影界对这种事感兴趣的办法，是在《名利场》上写篇长文。他同意了，并说会腾出时间来做这事。但是我知道他不会的。他说起斯诺登的口气很怪，近乎嫉妒，仿佛在说这个年轻人不明白他自己是谁，多么需要朱利安，却不知道如何请求。我识别出我所熟悉的那种因为缺乏影响力而产生的焦虑。"斯诺登从一开始就应该和我们在一起，"他说，"他在挣扎。"但他们正在弥补浪费掉的时间。我们说话之际，莎拉正在莫斯科机场，斯诺登因为没有护照而困在那里。"我派莎拉去的。"朱利安用他最喜欢的口吻说。只缺一只可以抚摸的白猫了。

最后一次见朱利安时，斯诺登的新闻铺天盖地。我正好在他住处附近，决定去看看他。大使馆里很安静。我带了两瓶街上买的啤酒，我们坐在黑暗的房间里喝。这是一个星期五晚上，朱利安似乎从未如此孤独。我们一起笑啊笑，然后他就沉浸在自己的世界中。他喝完啤酒，又拿起我的那瓶，也喝了。他说："一些真正具有历史意义的事件发生了。"然后，他打开笔记本电脑，蓝色屏面照亮了他的脸。我走时，他几乎没有留意。

中本聪事件

突　袭

2015 年 12 月 9 日星期三下午一点半，十个人搜查了悉尼北部沿海郊区戈登的一栋房子。其中几个联邦特工穿的 T 恤上印有"计算机取证"的字样，一人持有依据澳大利亚《1914 年犯罪法》颁发的搜查令。他们在寻找住在圣约翰大街 43 号的克雷格·史蒂文·莱特和他的妻子雷蒙娜。搜查令是应澳大利亚税务局的要求发布的。莱特是计算机科学家和商人，拥有几个电子加密货币和网络安全方面的公司。一组人在厨房里翻箱倒柜，并清空车库；与此同时，另一组进驻了他在北莱德的德里路 32 号公司总部。他们要找硬盘和电脑上的"原件或拷贝"、银行账单、手机记录、研究论文和照片。搜查令列举了数十家需要审查的公司和三十二个人名，包括使用过的其他名字或不同的拼写。"中本聪"（Satoshi Nakamoto）[1] 这个名字出现在名单的倒数第六位。

有的邻居说，莱特夫妻跟人比较疏远。她很友善，但他比较古

---

[1]　Satoshi Nakamoto 是比特币发明者使用的化名。中文网络译为中本聪，虽然不符合日本名字的传统写法；日文译为サトシ・ナカモト，有些日本媒体写作中本哲史。

怪，有个邻居称他为"冷面克雷格"。他们的房东则老是奇怪他们为什么需要这么多额外的能源：莱特的住宅后面有一个房间里好像全是发电机，供他的那一堆他称之为"玩具"的电脑运行，但他花大钱真正使用的计算机，却远在几乎九千英里之遥的巴拿马。突袭前一天，他已经把电脑都搬走了。当时有记者出现在他们家门口，莱特惊慌之中，给斯蒂芬打了电话。斯蒂芬是他和雷蒙娜称之为"这笔交易"的经手人。斯蒂芬马上让莱特夫妻住进了悉尼的美利通世界大厦豪华公寓楼。他们反正很快就要搬到英国去了，各方都认为现在最好躲起来。

德里路 32 号。棕榈树在混凝土路面投下夏季的阴影。"量身定做的办公室方案"，附近的广告牌上如是说。人们在一楼的 32 号熟食店里喝着咖啡。莱特的办公室在六楼，里面涂成红色，俯瞰麦格理公园公墓。公墓以死者和生者都能过上平静生活著称。警察进来时，没人知道该怎么办。工作人员被集中在房间正中，被警察命令不要靠近电脑或使用手机。"我想干预一下，"一名高级工作人员，名叫艾伦·佩德森的丹麦人后来回忆道，"说我们要给律师打电话。"

雷蒙娜不愿意告诉家人发生了什么。记者们嗅出的故事太复杂了，她解释不了，就干脆跟人说，戈登的房子太潮湿了，不得不搬走。他们搬入一幢高大的公寓楼，在城中心，莱特感觉他是在度假。12 月 9 日，他们在新公寓刚住了一宿，莱特醒来即得知，科技网站 Gizmodo 和《连线》杂志头天夜里分别发表了文章，指称他就是化名中本聪的那个人。中本聪在 2008 年发表了一篇描述"点对点电子现金系统"的白皮书。聪应用这种技术，进而发明了比特币。在笔记本电脑上阅读这些文章时，莱特知道，自己以往的生活结束了。

此时，相机和记者已经聚集在他以前的家和办公室外面了。他们早就听到传言，但 Gizmodo 和《连线》的报道使澳大利亚媒体疯狂了。最后也不清楚的是为什么警察和文章会在同一天出现。当天下午五点左右，莱特公寓大厅的接待员打电话说警察已经到了。雷蒙娜转过头来，叫莱特赶紧逃走。他看了一眼窗前的办公桌，上面有两台大型笔记本电脑，64GB 内存，每个重达几公斤。他拿起那台还没有完全加密的，又抓起雷蒙娜也没加密的电话，才出了门。他们住在六十三楼。他猜警察可能会从电梯上来，就下到了六十一楼，那里有办公室和游泳池。他在那里发了一会儿呆，才意识到自己没拿护照就冲出来了。

莱特走后，雷蒙娜很快也离开了公寓。她直奔公寓地下室的停车库，发现警方并没有看守出口，才松了一口气。她跳进自己租的车，慌乱中撞上了出口的障碍物。但她没有停下来，很快上了通往悉尼北部的高速公路。她只想去一个熟悉的地方，再慢慢思考。没有手机，她感觉不安全，决定开车去一个朋友那里借用他的。她去了他工作的地方，拿走了电话，告诉他说不能解释，因为不想把他牵连进来。

此时，莱特还穿着西服，站在游泳池边，怀里抱着笔记本电脑。他听见有人冲上楼梯，赶紧穿过走廊，躲进男更衣室。一群青少年站在旁边，似乎都没有注意到他。他钻进最远的那个隔间，故意不锁门（他猜警察只会张望一下，看有无动静）。听见警察进来时，他站到马桶上面。警察问那些年轻人在干什么，他们说什么都没干，警察就走了。莱特在隔间又待了几分钟才出来，用公寓钥匙卡开门躲进服务楼梯间。终于，雷蒙娜用她朋友的电话打来了。她发现他还在楼里，非常紧张，再次叫他离开。他也有一辆租的车，钥匙在口袋里。他下了六十层楼，到达地下室的停车库，打开车，并打开后车厢，拿出备胎，把笔记本电脑放进备胎空出来的地方。他开车驶向海港大桥，很快消失在车流中。

　　雷蒙娜边开车，边给神秘的斯蒂芬发短信。斯蒂芬在悉尼机场，已经办好飞往马尼拉的登机手续。他住在那里。斯蒂芬不得不闹着把行李从飞机上取下来。随后，他跟雷蒙娜交谈，告诉她莱特必须离开澳大利亚。她没有争辩，打电话到航空中心询问有哪些航班会马上离开。"去哪里啊？"售票员问。

　　"哪里都行。"雷蒙娜说。十分钟后，她为丈夫订了去奥克兰的机票。

　　傍晚时分，莱特既害怕又迷了路，开到以购物著称的查茨伍德区去了，他对这一带非常熟悉，感觉自在。他发短信让雷蒙娜来跟他见面，她立即回信让他直接去机场。她已经给他订了航班。"但我没带护照。"他说。雷蒙娜担心她回公寓会被抓，但她的朋友说他可以进大楼去拿护照。他们等到警察离开大楼后，他才上去。几分钟后，他拿走了护照、另一台电脑和充电线。

　　他们在机场停车场跟莱特碰面。雷蒙娜从没见他这么忧心忡忡。"我被震到了，"他后来说，"我没想到会被媒体曝光，然后又被警察追捕。通常情况下，我会做好准备的，会打点一个行李包什么的。"雷蒙娜把去奥克兰的单程票给他时，也非常焦虑，不知什么时候能再见到他。莱特说新西兰离得太近了，他也没有钱。雷蒙娜去自动取款机，给了他 600 美元。他在机场店里买了一个黄色的包，放他的电脑。他也没有衣服。"跟他说再见时好难受。"雷蒙娜说。

　　排队安检时，他很担心自己的两台电脑。他的航班都快起飞了，安全人员把他叫出来了。就在他被带到一个询问室时，身后的印度男子突然吵了起来。那是在巴黎爆炸事件之后。那人的妻子穿着纱丽，安全人员要搜身检查，那人抗议。所有的安全人员都跑过来处理这情况，并让莱特离开。他简直不敢相信自己的运气，低着头，匆匆穿过候机室。

莱特的办公室这边，艾伦·佩德森在接受警察询问。他偷听到其中一个问："抓到莱特了吗？"

他的同事说："他刚刚搭上了去新西兰的航班。"

莱特旋即在塔斯曼海上三万英尺的高空中观看《黑客帝国》，程序员托马斯·安德森（基努·里维斯扮演）正被不知名的特工追赶。莱特发现这个情节奇怪地令他宽心：知道自己并不孤单的感觉真不错。

到达奥克兰机场，莱特把手机保持在飞行模式，但连通了机场的WiFi，并开了一个新账户跟斯蒂芬Skype视频聊天。他们讨论了如何把他送到马尼拉。那天晚上，奥克兰有一场大型的摇滚音乐会，所有的酒店都满了。他坐出租穿过市区，才在希尔顿酒店找到一个小房间，用现金预定了两个晚上。他知道如何从自动提款机里提取超过每天限额的现金，用了酒店附近好几台机器，提取了5000美元。晚上点了客房服务，第二天早上去皇后街的比拉邦专卖店买了几件衣服。

他感到烦躁不安，鱼儿出水一般。他平常总是穿西装打领带，喜欢想象自己穿得太体面了，不像极客。但他只买了一件T恤、一条牛仔裤和几双袜子。回旅馆的路上，他买了一堆SIM卡，这样电话不会被监控。回到希尔顿，正在收拾电脑时，可靠的斯蒂芬又在Skype上露面了。他让莱特去机场取留给他的飞马尼拉的机票。报纸上到处都有他的照片，并报道说他准备逃跑。

莱特的名字在新闻上才出现了几个小时，匿名信息就威胁要揭露他的"真相"。有人说他一直在婚外情网站阿什利·麦迪逊上，也有人说曾在男同交友应用程序Grindr上见过他。在香港转机的六个小时中，他把电子邮件账户关了，并试图抹掉社交媒体上的个人资料，他知道有太多他并不想公开的信息。"大部分都是胡说八道。"他后来说。到达马尼拉机场后，斯蒂芬把他接走。他们去了斯蒂芬的公寓。女仆洗莱特的衣服时，他在餐桌上把笔记本电脑打开。他俩利用星期六剩下的时间抹掉了他其余的社交媒体信息。斯蒂芬不希望莱特跟任何人接触：他想让莱特与世隔离。第二天，他把莱特送上了去伦敦的飞机。

梅菲尔区

技术总是不断地改变那些不真正懂得技术的人的生活。我们开汽车，却并不关心内燃机如何燃烧。但偶尔会有消息从那个技术发明的前沿传回来。我本来从未听说过中本聪或区块链，也不知道这是计算机科学领域里的最重大事件。区块链是奠定比特币的技术发明。它可以不通过中心权威机构，验证所有交易。银行正在争先恐后地要把区块链作为未来的"价值互联网"的基石。对我来说，这也是新闻。要不是我跟朱利安·阿桑奇扯上关系，我可能永远不会知道这个神话般的计算机专家的故事。我并不花多少心思思考计算机的新范式（我还在试图搞懂第一个呢），但对那些为未来投入更多的人来说，中本聪的故事绝对是一个现代版的道德故事，可以完全独立于陈腐的现实。有些事，总有那么一些事，别人认定是宇宙的中心，但在你个人的日常感受中，却留不下一鳞半爪。这个故事于我就是如此。它把我绕进了一个我连名儿都叫不出的迷宫之中。长篇报道当然是很时髦的东西，正如小说也有其时髦之处，但要进入这个世界，我必须先克服自己的困惑，你也一样。

克雷格·莱特的房子被搜查的几个星期前，那时候他的名字还没被公开地与中本聪联系在一起，我收到洛杉矶律师吉米·阮的一封电子邮件。阮工作的地方叫戴维斯-莱特-里梅因律师事务所，号称是"为娱乐、科技、广告、体育以及其他行业的公司提供一站式服务"。阮告诉我，他们准备跟我签合同，请我写一本关于中本聪生平的书。"我的客户已经购买了他的生平的版权……是从化名中本聪的本人那里。他就是比特币技术的创造者。"律师写道，"公众对这个故事的兴趣应该很大。我们预计，一旦聪的真实身份被披露，这本书会受到广泛的关注，被新闻媒体争相报道。"

原来，记者们多年来一直在寻找中本聪。他的身份是互联网最大的谜案之一，是调查报道那行的圣杯。无法挖掘出证据的记者们索性就自己发明证据。对于《纽约客》的约书亚·戴维斯而言，找到他的渴望几乎成了一种痛。"中本聪本人就是一个密码。"他在 2011 年 10 月写道：

> 比特币出现之前，没有叫这个名字的程序员。他用的是无法追踪的电子邮件地址和网站。在 2009 和 2010 年之间，他写了数百个帖，英语完美无瑕。尽管他邀请其他软件开发人员帮他改进代码，并与他们对话，却从未透露过个人信息。然后，在 2011 年 4 月，他给一个软件工程师发了一个简讯，说他已经"干别的事儿去了"。从此杳无音讯。

接下来戴维斯非常仔细地分析了聪的写作风格，得出结论说，他用的是英式英文拼写，并喜欢说"忒什么"（Bloody）。最后，他指出都柏林圣三一大学的研究生，二十三岁的迈克尔·克里尔（Michael

Clear）就是中本聪，但克里尔马上就否认了。这个故事无疾而终，克里尔回去继续深造。再后来，利亚·麦格拉斯·古德曼为《新闻周刊》撰写了一篇文章，称聪是一位名叫多利安·中本（Dorian Nakamoto）的数学天才，住在加利福尼亚州的天普市郊区，但后来发现，这个中本连比特币如何发音都不知道。古德曼的文章出现在杂志封面后，全世界的记者都赶到多利安的家门口。他说他会接受第一个请他吃午餐的人采访。事实表明，他的爱好不是新货币，而是模型火车。一个自称中本聪的，用聪的原始电子邮件信箱访问了一个聪曾经出没的论坛，留言说："我不是多利安·中本。"其他评论者，包括《纽约时报》的纳撒尼尔·波普，认为聪是加密货币狂人兼比特币的发明者，形象很酷的尼克·萨博（Nick Szabo），但他本人坚决否认。《福布斯》相信中本聪就是哈尔·芬尼（Hal Finney）。区块链记录无可辩驳地显示，他是世界上第一个收到聪发送的比特币的人。芬尼是加州本地人，密码学专家，他的参与对比特币的发展至关重要。2009年，他被诊断出运动神经元疾病，已于2014年去世。如此，圣杯似乎遥不可及了。"比特币社区的许多人……鉴于比特币创始人对保护自己隐私的明确愿望，"波普在《纽约时报》上写道，"并不希望看到大师的身份被揭穿。但即使有这样想法的人，也忍不住要辩论创始人留下的蛛丝马迹。"

按照我写这种故事的一贯做法，我先查了背景，打了几个电话以后，才回复了代表这个神秘客户的律师。我随后从律师那里得知，客户的意思是，我写这本书可以与他们的人，聪，有全权接触，然后再由我挑选的出版社出版。我仔细地倾听，并接受了一下指点；我需要仔细，需要搞清楚这些客户到底想要什么，为什么找我。答案慢慢明了，但我仍对这个合同不置可否，我什么都没有签，先搞清楚他们都是谁。

克雷格·莱特的房子和办公室被搜查时，那个不离左右的"斯蒂芬"是澳大利亚信息技术专家斯蒂芬·马修斯。从他俩都在赌博网站Centrebet工作时开始，莱特认识他已有十年了。2007年左右，莱特经常被这样的公司聘为安全分析师，应用他的计算机专家技能（以及他的黑客经验）为难那些诈骗者。斯蒂芬·马修斯回忆说，莱特个性古怪，但行内都知道他是一个可信赖的自由职业者。马修斯说，2008年期间，莱特给了他一个文件，是一个叫中本聪的人写的，但那时他很忙，搁了好久都没看。他说莱特总想让他对这个叫比特币的新风险投资感兴趣，还想收一点小钱卖给他5万个比特币，但马修斯毫无兴趣。他告诉我说，因为莱特人很怪，整个事情似乎有点不靠谱。几年之后，马修斯意识到，那篇他看过的文件就是现在已经闻名于世的中本聪白皮书的原稿（正如他们所鄙视的政府一样，比特币人谈到什么想法时，也称之为"白皮书"，就好像他们是在颁布法律。）

2015年莱特碰到财务危机，他的几家公司面临破产，他无计可施，找了马修斯几次。那时候，马修斯已经跟罗伯特·麦格雷戈做了朋友。麦格雷戈是加拿大汇款公司nTrust的创始人兼首席执行官。马修斯鼓动麦格雷戈来澳大利亚，评估莱特作为投资机会的价值。莱特创办了好几个公司，但都陷入困境，还与澳大利亚税务局发生争执。尽管如此，马修斯告诉麦格雷戈说，几乎可以肯定莱特就是比特币背后的那个人。

马修斯的证据是，自2011年中本聪失踪以来，莱特一直致力于开发以聪的名义发明的区块链技术的新应用。也就是说，他在发明比特币技术的新版本，以一举取代银行和政府所依赖的记账、登记制度和中央授权。莱特和他手下的人正在准备申请数十项专利，每一项发明都以某种特定的方式，拓展构成区块链的"分布式公共账本"的基本思想，以重构金融、社会、法律及医疗服务系统。背后的数学或让人叹为观止，但比特币其实就是一种数字钱币，其货币的流通和可靠性是通过它出现在一个共享的公共账本上保证的。这个公共账本在每一笔交易之后都会及时报告和更新，是一种不能被任何一方篡改的"公共历史"。比特币的运作方式是共识，其安全性由一系列的公开和私有的密钥保障。它有点像一份可以被任何"链"入的人使用和更新的谷歌文件。比特币有很多功能，但最革命化的一点是把独裁和严格运作排除在银行系统之外，而把货币的所有力量都嵌入在这个自我清理的软件之内以及使用它的人身上。区块链技术是目前计算机科学和银行业的热门话题，好几亿美元已经投进去了。因此就有了马修斯的提议。

麦格雷戈于 2015 年 5 月来到澳大利亚。尽管最初有些怀疑，尽管对莱特的举止也略有厌恶，麦格雷戈却被说服了，与莱特达成协议，并于 2015 年 6 月 29 日签署。麦格雷戈说，他非常肯定莱特就是那个传奇似的、失踪的比特币之父。他还告诉我说，后来起草协议时，是他坚持把中本聪的"生平故事版权"列入交易的一部分。莱特的公司债务问题非常严重，这笔交易对他而言，简直就像一个救援计划，所以他什么都同意了，似乎根本没有考虑过必须要履行什么。根据后来马修斯和麦格雷戈提供给我的交易证据，仅仅几个月中，麦格雷戈的公司就花掉了 1500 万美元。"没错啊，"2016 年 2 月，马修斯对我说，"我们签署这笔交易时，150 万元付给了莱特的律师（这笔钱就是给律师的。整个克雷格·莱特项目最终花掉麦格雷戈的公司 1500 万美元）。但我的主要任务是把新律师拉进来……好把莱特的知识产权转让给 nCrypt。"nCrypt 是 nTrust 新成立的子公司。"合同包括如下几个部分：清除债务使莱特公司重新立足；与新律师合作，达成协议以转移所有非法人公司的知识产权；与律师合作获得克雷格生平故事的版权。"从那一刻起，"中本聪现身"就成了合同的一部分。"这是商业计划的基石，"马修斯说，"为此，大约1000万扔进了澳大利亚的债务和他在伦敦立足。"

nCrypt背后的人对这个计划非常清楚。他们会把莱特带到伦敦，并在那里为他建立一个研究与发展中心，手下大约有三十名员工。他们将完成他的发明和专利申请工作（他的专利似乎数以百计）。所有这些将作为"中本聪的工作"出售，揭示中本聪真实身份是计划的一部分。一旦包装好，马修斯和麦格雷戈准备以高达10亿美元的价格出售知识产权。后来麦格雷戈告诉我，他已经在与谷歌、优步，还有一些瑞士银行谈。"计划就是把它们全部包装起来卖掉，"马修斯告诉我，"从来没有打算过自己做。"

*

自从跟朱利安·阿桑奇一起工作之后，我的电脑被黑过好几次。如果发现什么资料被抹去了——有一次多达三万封邮件——我一点都不奇怪，所以我小心翼翼地要确定这个律师所为是不是一个卧底行动。但我也很好奇这些人要干吗。我认为麦格雷戈，或他背后的人，肯定就是我收到的加州电子邮件里所指的"客户"。11月12日，星期四，我去了牛津广场附近的麦格雷戈办公室。我用化名签到，然后进入一间贴满数学公式壁纸的会议室。麦格雷戈进来了，他戴围巾，脚蹬一双棕色皮革靴，身穿定做的外套和牛仔裤，胸前口袋里露出一片蓝色的手帕角。他四十七岁，但看起来也就像二十九。他给人一种很用心打扮的感觉，亚历山大·麦昆围巾，律师的矜持。我从未见过像他这样的人，说起这么多钱来时，可以用这么轻飘飘的口吻。我问他整个交易的目的是什么，他说，很简单啊："买入，卖出，加几个零。"

麦格雷戈把莱特形容为"下金蛋的鹅"。他说，如果我同意加入的话，我将有整个故事，以及莱特周围的每个人的独家采访权。最终，莱特会使用只有聪才有的加密钥匙来证明他是聪。这些密钥是与区块链中最早的几个区块联系在一起的。麦格雷戈告诉我，这可以在公开的 TED 演讲中示范。他说然后"游戏就结束了"。然后莱特的专利被卖掉，莱特可以远离公众，继续过他的日子。"他只想安安静静地继续工作，"麦格雷戈在第一次见面时告诉我，"对我来说，最后的结果就是，比如克雷格去谷歌，手下有四百来名研究人员。"

我跟麦格雷戈说，这必须有一个验证的过程吧。我们谈到钱，又讨价还价了一番，但几次会面以后，我决定分文不取。我会像以我的名义写任何故事一样，通过观察和采访，通过笔记和录音，然后分析各种证据。麦格雷戈说："应该不避丑和盘托出。"他这样说过好几次，但我不知道他是否真明白个中深意。这是一个变化中的故事，而我是唯一记录这些变化的人。麦格雷戈和他的同事已经相信莱特就是聪；我觉得，他们做起事来，就好像这个假设是故事的结尾，而不是故事的开头。

我并非暗示有什么险恶之意。该公司对此项目非常兴奋，我也一样。我们很快就携手同行，一起工作了。我保留了自己的判断（和独立性），但仍全身心地投入到这按计划展开的故事之中。当时还没有人知道克雷格·莱特是谁，但从最初的证据来看，他似乎比任何人都更能与中本聪对上号。他似乎有那个技术能力，也有恰当的生活经历，时间表上也吻合。关键证明即将呈现在眼前，怎么可能不精彩？我慢慢地推进这个项目，对所有妨碍我独立的事情都说"不"。这到后来将成为我与麦格雷戈和马修斯之间的矛盾。穿黑衣的人，我开始这么称呼他们。但最初那几个月中，没有人要求我签署任何文件，也没有人拒绝我的采访。有的秘密解开了，有的依然未知，毫无悬念的是，这些人都有十分的把握，笃信一个重大事件正在发生，整个过程应该被目击并记录下来。我给麦格雷戈的电子邮件理所当然地假设，就获取证明而言，对我的故事有好处的，自然对他的交易也有利。这似乎是绝对正确的。但我现在感到内疚，我没有警告他这或许并非是事实，即使这笔交易死了，我的故事也不会死，人类的兴趣并不止于成功。

就在我第一次与麦格雷戈会面的四个星期之后，《连线》和Gizmodo 报道说莱特可能是聪。这个消息在加密货币社区引起了海啸般的反应，其中大部分不利于莱特的信誉。他是否留下了假造的"足迹"以证明自己实际更早地参与了比特币？他是不是夸大了从各个大学获得的学位的数目和性质？他声称曾经用积攒的比特币购买过超级计算机，为什么那家公司从未听说过他？

一位评论员说："臭味熏天一英里。"nCrypt 的人对这些污蔑并不在意，相信对莱特的每一个指控都很容易反驳。莱特出具了一个令人信服的文件，显示他的"足迹"并非伪造；质疑他的"加密"证据根本就不对（人们仍在继续辩论这一点）。他还出示了一封超级计算机供应商确认订单的信。查尔斯特大学 ① 提供了他的工作证复印件，证

---

① 查尔斯特大学（Charles Sturt University）是澳大利亚新南威尔士州的一所公立大学。

明他确实在那里讲过课。莱特还给我寄来一份批评人士声称他并没有的博士论文拷贝。

*

12 月 16 日一点前的午餐高峰时间，我提前五分钟到了梅菲尔的一家叫"28—50 度"的酒吧餐厅。身穿蓝西服白衬衫的男士们吃着牡蛎和嫩排骨，一杯杯地喝着高档葡萄酒。一大瓶十年酒龄的格雷厄姆黄褐色波特酒放在柜台上，我正在研究时，麦格雷戈带着史密斯先生和夫人到了。"史密斯"这个名字是他给我的电子邮件里用的。克雷格·莱特四十五岁，身穿黑色外套加白衬衣，蓝色斜纹棉布裤，皮带上有一个很大的阿玛尼扣，袜子深绿色。他不是一个在时髦餐馆里舒服自如的人。他坐在我的对面，低着头，一开始尽让麦格雷戈说话。雷蒙娜非常友好，聊起伦敦经历来，就好像他们是刚刚被吹进梅菲尔的度假客。她不喝酒，我们其他人都点了一杯马尔贝克。莱特抬起头来微笑时，我注意到他有漂亮的笑容，但牙齿不整齐，一道疤痕从鼻梁一直伸到左眉上方。离开悉尼后，他一周都没有剃过须。

莱特说自己拙于闲聊。他也要我写书的时候"不避丑和盘托出"。他觉得被大家误解了，通常情况下他根本不在乎，但现在他不得不考虑工作信誉和家人权益。他似乎停顿下来思考了片刻，然后说，他在戈登家的老邻居都不友善。

"他们连你叫什么基本上都不知道。"雷蒙娜说。

"现在知道了。"他回答。

我发现他比我想象的更容易交谈。他说他父亲曾为美国国家安全局（NSA）工作（但他不能解释为什么），但直到今天，他母亲仍然以为他是在美国国家航空和宇航局（NASA）工作。"我在乎的人不多，但对他们特别在乎，"他说，"我也关心世界大事。但这两者之间的，就不多了。"他说他很高兴我为他写书，因为他希望能"走进历史"，但主要是因为他想讲述曾经合作过的那些聪明人的故事。他和雷蒙娜都有时差且对家里的事焦虑不堪。雷蒙娜说："今天本来要举行公司的圣诞派对。"

麦格雷戈问莱特，他是自由主义者这一点是否影响他的工作，抑或是因为工作原因变成了自由主义者。"我一向都是自由主义者。"他回答，然后告诉我父母离婚后，他父亲等于绑架了他。他讨厌被告知该做什么；这点是他的主要动机之一。他相信自由，相信自由在将来意味着什么，他说他的工作能够保障有一个隐私得到保护的未来。"我们现在的处境，"他说，"是一个人可以有隐私，隐私包括变成了不是自己的另外一个人。如果你想的话，计算机技术能让你从头开始。这就是自由。"事实上，他从未停止过为自己想象不同的生活。那天下午，他似乎为人们质疑他是聪而分心。他不时摇摇头，说他只希望能默默地工作。他的妻子告诉他："你不想发疯的话，就别上 Reddit 网站。"

第二天，12 月 17 日，我们在克拉里奇酒店的私人包房里再次会面。放眼望出去，越过层层屋顶，起重机环绕在童话般的柔光之中。雷蒙娜进来时显得很累，一副受够了的样子。时不时地，尤其是疲惫的时候，她就会怨恨这些摆布他们的人。"我们出卖了灵魂。"某个安静的时候，她对我说。

麦格雷戈表示，他当晚要准备文件，供莱特次日签署。这就是莱特公司把所有知识产权转让给 nCrypt 的最后签字。这是这笔交易中的主要一块。麦格雷戈相信这项工作是"世界历史性的"，会完全改变我们的生活方式。他经常把区块链形容为互联网以来的最伟大发明。他说互联网改变了信息如何交流，区块链将会改变价值如何交换。

麦格雷戈解释说，莱特的澳大利亚公司马上会签约转让给nCrypt。他还向澳大利亚税务局伸出了"橄榄枝"，后者反应迅速积极。跟税务局的很多麻烦源于比特币到底是商品还是货币之争，以及应该如何征税的问题。税务局也怀疑莱特的公司是否做了自己声称的那么多研究和开发，以及他们是否因此享有正在申请的退税优惠。税务局表示无法弄清楚他们的开支到底用到哪里了。一些媒体的批评家声称莱特那些公司就是为了退税优惠而成立的，尽管连税务局都没有说得这么过分。

莱特告诉我，正是因为税务局，他们不得不为他们的专利提供所有的研究资料。现在倒是派上用场了，因为nCrypt团队催得很急。银行已经警觉加密货币和区块链的效率，都在急于创建自己的版本。美洲银行正在申请十项专利，但克雷格和他的团队告诉我说，他们应该拥有"先有技术"。各国政府长期以来一直否认比特币的价值，认为它不稳定，是罪犯用的货币，但现在又开始赞扬背后的技术潜力。

"他们行事跟小孩儿似的。"莱特谈到澳大利亚税务局时说。

麦格雷戈看了一眼表，拉直了袖口。"我把这视为历史的重要关头……就像时光倒转，目睹比尔·盖茨在车库里一样。"他转过头来对莱特说，"你把这东西放进了荒野。有些人搞对了，有些人搞错了。而你已经看到了下一步，再下一步，再下一步的发展方向。"

"没有比特币，一切都无从谈起，"莱特说，"但比特币只是一个轮子，我想造的是一辆车。"

雷蒙娜显得很沮丧。她担心如果自己的丈夫声称是发明比特币的人，可能就得为那些曾经使用这种货币干坏事的人承担责任。"他又没有发行货币，"麦格雷戈安慰她，"这只是技术，不是钱。"雷蒙娜仍然很焦虑。"我们是在谈法律风险……我给你的是法律答复，"麦格雷戈说，"我可以把我的职业信誉押在这上面，发明比特币不是一个可以受法律制裁的事件。"

直到最后，莱特夫妇仍然表示，他们对克雷格年轻时做计算机取证工作干的那些事情担忧。他的大部分职业生涯看起来问题重重，但在克拉里奇酒店的会议室里，他把这些都推到一边。"重要的是你现在做的事。我当然不完美，永远也不会……各式各样的人在那里争论聪现在应该是什么样子，真是莫名其妙。"

忍　术

莱特的父亲弗雷德里克·佩吉·莱特在澳大利亚陆军第八营服役期间，在越南战场做过侦察兵。"他失去了所有的朋友，"莱特告诉我说，"每一个朋友。"从越南回来不久，他就开始酗酒，殴打莱特的母亲。她最终离开了他。我2016年3月去布里斯班见到了莱特的母亲。莱特和他的母亲都告诉我，他父亲非常怨恨自己的母亲：他把所有的军队支票都寄到她家里，而他还在外面服役时，她都花掉了。他也梦想过一个足球生涯，但没有实现。"我是有心理创伤的，"莱特说，"但他的更甚。"

"你佩服他吗？"

"他从不佩服我。我从小就他妈的不够好。我们从我三四岁时开始下棋。走错一步，他就会揍我。从一开始，我们就有冲突。"

这个小男孩主要受两个人的影响。第一个是他的祖父罗纳德·里曼。他的家人声称他获得了澳大利亚马可尼无线电学校授予的第一个学位，后来在军队里当信号员。他们说他后来成了澳大利亚安全部门的间谍。克雷格最喜欢的是祖父的地下室。那里是早期算数的天堂。"我们会坐在那里翻那些数学对数表书，"他告诉我，"我可喜欢了。"里曼上尉有一个旧的终端计算机。他们用一个海斯 80-103A 调制解调器把它连到墨尔本大学的网络上。为了保证工作时克雷格能安安静静，帕帕（孩子们对祖父的昵称）会让他编写代码。"我找到了黑客群体，"莱特说，"搞清楚如何与他们互动。我开始编码游戏，或黑客侵入别人的游戏。我渐渐琢磨出怎样破解黑客的代码。后来我为公司做的工作就是帮助他们防范黑客。"

他的母亲告诉我，他在学校有时会受欺负。"他挣扎过，"她说，"但后来我把他送到帕多瓦中学去了。"帕多瓦是布里斯班的一所私立天主教学校。"他在那里非常出色。我的意思是说，他与众不同。他喜欢打扮，痴迷日本文化。他还有武士刀。"

"十几岁的时候？"

"穿武士服，包括古怪的木屐，一应俱全。弄出各种噪音来。他的姐妹们会抱怨他让她们尴尬：'我们去公园玩，还有别的朋友，他却蹀足走来走去。'80 年代时，他有过一帮书呆子朋友。他们戴角质架眼镜，玩《龙与地下城》，一玩就是几个小时。"

他有一个叫马斯的空手道教练。马斯很快就把他从空手道发展到柔道，再到忍术。克雷格告诉我，他的指关节经常被折断，但他因此"变得更强壮了"，因为"疼痛造就了一个能忍受更多疼痛的'我'"。武术最吸引他的东西是纪律。变成忍者要通过十八门技艺训练，包括棒术、变装术、隐遁术、侵入术等。上完训练课后往家走，他会感觉自己更强壮了，就像变成另一个自己。

莱特十八岁时加入了空军。"他们把我锁在地道里,"他告诉我,"我设计了一个炸弹系统。智能炸弹。我们需要快速代码,我都完成了。"二十几岁时,他的背上出现了黑色瘤,做过几次皮肤移植。"那是从空军退役后,"他母亲告诉我,"恢复后,他就去念大学了。从那以后就是学位、学位、学位。"他去了昆士兰大学学习计算机系统工程。接下来的二十五年里,他修过数字取证学、核物理、神学、管理、网络安全、国际商法和统计。有的完成了学位,有的没有;有的修满了学分,但没有递交学位证书要求的各种表格。就在我们第一次长采访之后,他又回家做功课去了,是伦敦大学的一个新学位,定量金融学硕士。

和他待在一起的那几个月里,我注意到他热爱英雄主义的概念,钟情于创世神话。他最早发给我的一件东西就是一篇论文《创世神话的盘根错节之源》。我注意到论文是献给他的武术教练马斯的。论文不仅仅论证了"自我发明"的重要性,而且是女权主义的阐释,与"堕落"的父权观念针锋相对①。莱特还谈到了朝圣者的"世界花园"。"在花园里,朝圣者几乎不可避免地会被蒙骗。他或她的感官,陶醉于错觉中的、随隐随现的礼仪幻象,因而背叛自己的灵魂,导致罪恶。"

莱特说,他完全没想到中本聪的神话会凝聚这么大的力量。"我们都习惯使用假名,"他告诉我,"这是黑客电脑高手的行事方式。现在人们想要聪像弥赛亚那样从山顶下来。但我根本不是那样的。我们并不是成心要创造一个神话。"聪被比特币粉丝热爱,因为他发明了一个漂亮东西,然后杳然无踪。他们不希望聪犯错误、自相矛盾、自

---

① 堕落,指亚当夏娃被逐出伊甸园的故事。

夸，或气急败坏的。他们根本不希望他是一个叫克雷格的四十五岁的澳大利亚人。

在阅读莱特关于创世的思想时，我一直想着他的空手道教练和他在这个年轻人生活中的地位。莱特随口说的一句话让我记忆尤深。那是关于讲故事，以及自由的可能含义；关于武术如何不仅能够防身，还能够创造自我。"马斯教了我很多东方哲学思想，并教会我成为自己的手段。"莱特说。有一天，马斯给他推荐了富永仲基①。"他是日本商人兼哲学家，"莱特告诉我，"我读过有关译著，1740 年代的资料。"

几个星期后，在他伦敦家的厨房里一起饮茶时，我看到办公桌上有一本名为《日本德川时代的道德观》的书。我当时已经临时抱佛脚做了些功课，急于把名字这事搞定。

"就是说，你是从这里借用了中本部分？"我问道，"从 18 世纪的那个批判了同时代所有信仰的反传统者那里？"

"是啊。"

"那聪呢？"

"聪就是'灰'的意思，"他说，"仲基 / 中本的哲学思想是贸易要有一个中立的干道。我们目前的系统需要被烧掉再重建。这就是加密货币所做的事。它是凤凰……"

"那么'聪'就是凤凰重生的灰……"

"是啊。灰也是《精灵宝可梦》里的一个小傻瓜，就是有皮卡丘

---

① 富永仲基（Tominaga Nakamoto，1715—1746），日本江户时代中期学者，大阪人。俗称道明寺屋吉兵卫，通称三郎兵卫。富永仲基富于批判精神，在短暂的一生中批驳了儒学、佛教和神道的基本思想。仲基的英文拼写与中本相同。

的那个家伙 ①，"莱特笑了，"在日本，灰的名字就是聪。"他说。

"所以，原则上说，你的比特币之父是以皮卡丘的小朋友命名的?"

"是啊，"他说，"这能让有些人气得吐血。"他经常这样说，仿佛惹恼人是一门艺术。

莱特那一代人，现在四十五岁到五十岁的，看到的世界，是他们十几岁时着迷的东西的放大。对于莱特或杰夫·贝索斯来说，如何购物、如何思考以及如何生活，都是他们坐在某个陋室里的梦想的外延。"体验伟大的人必然能感受到他活在其中的神话。"弗兰克·赫伯特在《沙丘》中写道。那是莱特十几岁时最喜欢的小说。《沙丘》其实是关于人的，"莱特对我说，"说的是我们不想把一切都留给机器去做，而应该发展人类自身。但我的想法与赫伯特先生略有不同。我不认为必须二者取一，要么人，要么机器。这是一种共生关系，人与机器可以一起发展。"这种"赛博朋克"的能量——与后来出现的、对加密技术尤其感兴趣的"密码朋克"群体相反——使莱特那一代未来的计算机科学家变成了未来的希望。②

获得第一个学位之后，莱特在一些公司里负责信息技术，很快在新创业公司和安全公司中获得了"有问题就找他"的名声。他什么问题都能解决，他们总是带回更多的问题。那时候与莱特合作过的罗布·詹金斯，如今在澳大利亚的西太平洋银行担任高管。他告诉我："向同事和朋友介绍克雷格时，我总是把他形容成我所知道的最称职

---

① 指《精灵宝可梦》里的主人公，中文译作"小智"。

② 对"密码朋克"（cypherpunk）与"赛博朋克"（cyberpunk）的区别及所有相关问题感兴趣的读者，应该先读蒂姆·梅1994年的文献"Cyphernomicon"。

的人。我也和其他聪明人一起工作过，但克雷格有强烈的求知欲。他还有激情。比特币只不过是他谈及的那些美好事物中的一个。"

"你给我勾画一下，"我对莱特说，"比特币出现以前的历史。哪些事件后来产生了影响？我想知道它所有的前身，以前解决这个问题的其他尝试。"

"早在 1997 年，就有蒂姆·梅（Tim May）的黑网（BlackNet）……"梅是一个密码学无政府主义者，从 1980 年代中期以来就在密码朋克圈里活动、煽动。"计算机技术即将为个人和群体提供以完全匿名的方式交流和互动的能力。"他在 1988 年的《密码学无政府主义宣言》中声称。黑网相当于"维基解密"的前驱，用无法追踪的数字货币付款，购买秘密信息。

"我们都很自恋自大。"莱特告诉我。他想把梅的黑网概念进一步发展。但那段早期时代，他也热衷于哈希现金（Hashcash）和 B 钱（B-money）。哈希现金的概念是一种"工作量证明"（proof of work）的算法，即一组计算机中的每一台都执行一个可以即时验证的小任务（从而使垃圾邮件发送者无以为生，因为他们依赖的群发电子邮件几乎无需任何工作量）。这个概念"对开发比特币必不可少"。它要求将要完成的小任务是可以即时验证的，就像你注册许多网站时使用的系统，你会被要求在一个空格输入一小串数字和字母。哈希现金是亚当·柏克（Adam Back）于 1997 年提出的。莱特说他和柏克在"2008年交谈过几次，当时我在做比特币方法的初步测试"。

B 钱是一个叫戴维（Wei Dai）的人发明的。戴维发明 B 钱时写了一篇论文，其中假定"存在一个难以追踪的网络，发信人和收信人必须通过数字假名（公钥）识别，每个信件都由发信人签名，然后加密送到收信人那里"。约翰·兰彻斯特曾撰文生动描述过公钥，或曰地址，会与一把"可以访问该地址的私钥"相匹配。所谓钥匙其实就是一串数码：公钥显示某个给定地址的所有权；私钥只能由该地址的拥有者使用。接下来，戴维提出了一个交换和转移货币的系统。"任何人都可以通过宣布尚未解决的计算问题的答案来制造钱。"他写道。这个系统有奖励工作量、保证用户诚实的方法。"我很欣赏 B 钱，"莱特告诉我，"他绝对为我提供了一些加密代码，用在了比特币的第一版中。"莱特一贯非常注重承认那些早期开发者的贡献。"戴维帮了很多忙，但对他们那样的人来说，比特币只是马马虎虎。好用，但数学上不精美。"

"是戴维说的吗？"

"戴维很礼貌。但其他人说过，亚当·柏克，尼克·萨博。他们可能想找到一个更精美的解决问题的方法。也许他们觉得比特币的采矿系统很浪费：我的系统中存在计算浪费。它只是试图解决问题，而非胜算。但社会不也如此吗？"

"这些早期的加密货币专家们是否相互竞争？"

"是的，但那不重要。"

克莱曼

在马里波恩的一间公寓里采访莱特。屋里有木制百叶窗、现代装饰和照片，照片拍的基本上都是乌鸦。克雷格和雷蒙娜在伦敦市里把他的知识产权和所有的公司签约转让给麦格雷戈的时候，我在收拾公寓准备工作。他们晚了好儿个小时才到达。"你什么时候意识到聪这事不可能永远保密了？"我问。

"最近吧，"莱特说，"我真的不相信这个必须公开。我们以为能停留在一个似是而非的状态，不必使用聪的钥匙签名或干什么别的。我们拥有数百项专利和论文，从一开始就在研究这个，明年就会发表了。人们可能会怀疑，人们可能会询问，但我们可以听之任之。"

"那为什么又改变主意了呢？"

雷蒙娜只说了一个词："罗布。"

在圣克里斯托弗广场的日子简直优哉优哉的。我们会买回咖啡，然后各忙各的，我根据他说的他做了什么，试图画出一个他究竟是如何发明比特币的图示。我们挂上白纸板，他用数学把我灌晕了。有时候他能在黑板上写好几个小时，然后翻开书本，指出里面的理论和证明过程。我和跟他一起工作的科学家也交谈，许多人都比他解释得更清楚。我注意到莱特很不情愿直截了当地自称是聪。他会花上数小时历数每个曾经贡献过的人的功劳。这很奇怪：我们之所以共处一室，正是因为他宣称自己是聪。但这个说法让他感到尴尬，我有很多小时的录音磁带，显示他试图敷衍过去。我觉得这种不情愿可以作为他是聪的辅助证据，因为这显示出他对这种工作的合作性质的恰当尊重。他当然也非常矛盾，有时候很享受出风头并积极追求，这常给他造成麻烦；但是，直截了当地说我就是聪似乎让他充满恐惧。"我担心他们要看我的论文，只因为我的名字后面有聪。"他告诉我，"我一戴上我是聪的小面具，大家就说：'你怎么这么棒啊？因为你是聪嘛。'我希望人们持怀疑态度。当我将来发表文章时，我想让人家这么反应：'哦，他妈的，他有可能是吧，这些文章这么棒，他真有可能噢。'"

戴夫·克莱曼（Dave Kleiman）最终成为莱特职业生涯中最重要的人。莱特说克莱曼帮助自己做成了聪的工作。他们在网上认识，因为访问同样的密码学论坛，并从 2003 年开始交流。两人都对网络安全、数字取证和货币的未来感兴趣，但克莱曼是男孩中的男孩，退伍军人，热爱全接触运动和高速运转的生活。他身高五英尺十英寸，体重二百磅，住在佛罗里达州的里维埃拉海滩。1986 到 1990 年期间，他是陆军直升机技术员。我查阅克莱曼的生平时，发现他还为国土安全部和军队做过计算机取证工作。全职服役结束后，他成为棕榈滩县副治安官。1995 年，他二十八岁时，一次摩托车撞车事故使他终身与轮椅为伴。克莱曼吸毒。有消息来源告诉我，他也热衷于参加网上赌博和其他各种非法活动。还有证据表明，他跟"丝绸之路"（Silk Road）有关。"丝绸之路"是贩卖一切非法东西的网上市场。摩托车事故后，克莱曼全心投入计算机，并办了一家公司叫计算机取证有限公司。

　　1999 年，一个叫肖恩·范宁（Shawn Fanning）的少年发明了Napster，用户因此能够在没有中央服务器的情况下，通过互联网共享音乐文件。在此之前，只有早期互联网的真正信徒才熟悉所谓的"点对点分享"①。Napster 有一个使用很方便的界面，把文件共享带给了普通大众。旧的版权和收入模式一夜之间就过时了。人们不再购买CD；年轻人通过互联网免费得到音乐。音乐业界不得不重新自我创新或寿终正寝。莱特告诉我，他与克莱曼最早的对话就是关于文件共享。2007 年时他们合写了一篇关于黑客的参考资料。"我常常把自己的想法说给他听，"莱特说，"我很擅长数学，但我不擅长跟人打

---

① 2001 年 2 月，Napster 存在仅仅两年之后，验证过的 Napster 使用即达到顶峰，全球一共有 2640 万用户。但该公司本来的形式也只剩下五个月的寿命了。美国唱片业协会发起了一场法律运动。被 Metallica 和 Dr. Dre 这类法律诉讼关闭，Napster 迅速被击败，来得快去得也快，但它短暂的一生过得很好。通过向全世界引入"点对点"的服务概念，Napster（以及无数类似服务）从一开始就赢了。或许是偶然或许不是，莱特告诉我，他曾在 2004 年为美国唱片业协会短暂工作过，做法律取证。

交道。"克莱曼能容忍他的脾气，这不是每个人都能的。他们开始讨论如何把 Napster 应用到其他领域，并解决密码学中的一些老问题。我必须指出，莱特从未完全说清楚他们到底是怎样合作发明比特币的。我不断回到这个问题上。当他不能说得很明确时，我的怀疑就会陡增。

"跟我解释一下聪这个主意是怎么形成的。"我说。

"我猜，"莱特回答说，"最初的想法就是有一个砍不掉的假名头。"

"主要是你的想法还是他的？"

"可能是我的吧。"

"有那么一个瞬间你意识到你需要一个傀儡吗？"我问道。

他说："我们需要别人回应我们。但我并不想让别人回应我。这有几个原因。我认为我不能够说服任何人接受这个想法。如果我以聪的名义出来，但没有戴夫，我认为也走不远。我有太多跟人交流的经历，人家就因为是我就烦了。"

"区块链是作为账本的概念产生的，"他说，"但有一些问题亟须解决。账本需要是分布式的，但你如何确保人不互相勾结。这听起来可怕，但你不能信任人，而是要激励人去行动。激励的办法是给他们赚钱的机会。这就是亚当·斯密说的：不是通过内心的善良，不是因为面包师关心你，不是因为屠夫关心你，而是因为他们关心自己的家庭。综合到一起，还是他所说的，这只看不见的手控制着社会的运作方式。"

我请他用普通人听得懂的语言解释一下分布式账本，他就滔滔不绝地说起一个又一个的算法来。把那些算法全部忽略，分布式账本就是一个在多家用户之间共享的数据库，每个联网的用户都有一份数据库的完全相同的拷贝。账本的任何增加或改动一旦发生，会立即在每个拷贝中镜像复制。虽然没有中央部门负责，却也没有任何账目需要争议。亚当·斯密关于"激励"的观点嵌入在比特币的原理中。人们不仅仅要买或使用比特币，他们还要"挖"比特币。矿工们用自己的电脑解决一个比一个难的数学问题，解决问题的奖励是用比特币支付的。这使比特币保持诚实，在理想情况下，还可以阻止它被任何一个机构独占。

我带了一卷一次性使用的白纸板，贴在公寓内四周，我们说话的时候，他常常跳起来，在墙上写满公式，外加箭头、弧线或曲线。他的妻子告诉我说，她有时走进淋浴间，会发现他站在那儿，赤身裸体的，在蒸汽罩满的玻璃上写东西。"有没有一个人主要负责数学？"我问。

"就是我，"他说，"戴夫还真不是数学家。他所做的是让我简化。"

"他怎么知道如何让你简化？"

"我们写聪的白皮书到了某个阶段时，人们说太难了。"

"他就让你把语言改得简单一点点？"

"大大地简化。白皮书变得非常简单。椭圆曲线的东西根本就没有在文章里描述，只是放在那儿了。密码学内容也没有描述。"我让他给我介绍一下导致他们合作的思考轨迹。"所有的东西都在那儿。"他指着他的计算机上一篇 337 页的论文说。论文题目叫作《信息系统风险的量化》，他最近刚提交给查尔斯特大学，作为其哲学博士学位资格的一部分。"审计上的应用，怎样分析失误，推导背后的数学原理，并简化之，等等。比特币论文的核心是基于二项分布的泊松模型（Poisson model）。问题就这么解决了。"

但 2008 年时，那还是一个"大杂烩"，他说。我问他是否认为比特币的发展，在一定程度上是对金融危机的回应。"那时已经开始做了，但我确实看到（危机）即将发生。可以算是完美风暴吧。那一年里，我跟戴维讨论过。他和哈尔·芬尼之间有很多关于钱应该如何运作的好主意……［芬尼］是真正认真听取我说话的人。他收到了第一个比特币。"

克雷格开始穿一身三件套的西服来接受采访。他的西装不合时宜，领带更落后，那是 1970 年代风格的黄色，有时还是多色涡纹图案的。他会喋喋不休地谈到一系列的话题。在自己的主题上，他可以非常出色，但他容易跑题，讲到旁枝末节去，忘了本来在说什么，再也绕不回来。他完全不像人们想象的神话般的聪；事实上，他是聪的可笑的反面。他会讲对自己不利的故事，但并不是真的对自己不利。他痴迷于对手的质疑，但不知道如何针对那些疑问，给出直截了当的答案。"我是个混蛋。"他常常这么说，就好像这么说是重大的让步似的。但他并非混蛋，事实上人很不错。他在数学和计算机上很自负，这并不奇怪。他也有掩饰自己的习惯，不时地在小事儿上撒一点谎，效果是给更重要的事情蒙上阴影。某一刻，我要求他从聪的原始账户给我发一封电子邮件。

"你能做到吗？"我问道。

"可以啊，"他说，"但我需要罗布的许可。"当我问麦格雷戈时，他说这也太莫名其妙了。他只不过是不想，也不能，暴露太多而已。但这对他来说很不幸，既然他同意每天坐下来跟一个作家谈话。他似乎对那个电子邮件账户知根知底，使人相信这无疑确实是他的。但又不知何故，要求证明这一点似乎冒犯了他的个人权力感。最初，我以为他有存在主义危机，就像贝娄《晃来晃去的人》里的主人公一样，聪明绝顶但反社会，等候被征兵。但几个月过去，我更多地把他看作是一个俄国 1850 年代的"多余的人"，屠格涅夫笔下的浪漫主义英雄，其自我实现总是被一些令人眩晕的秘密阻碍，只能通过言语而非行动来表现自己。莱特整天说个不停，他在白纸板上写写画画，他把我叫作朋友。他哭，他吼，他把自己的童年经历一股脑地倒出来，还谈到自己的父亲。他自称是聪，他谈论聪的思想，描述他做的事情，并历数人们如何误解他的发明，以及比特币应该发展的方向。我搬到了皮卡迪利的一个办公室。这里就像约翰·勒卡雷小说里描述的地方，那么多的屋顶，到处飘扬着英国国旗。我们继续采访。他说个不停，没有目标，仍然不能够在标记了我的问题的那个指定地点附近着陆。我要求读读他和克莱曼之间的电子邮件，他只是耸耸肩。他说他写那些邮件时，跟前任妻子关系不好。我假设意指里面有很多对她的评论。

"把那些删掉再给我呗。"我说。

"我不知道还能不能找到。"他又说。但我不松口，最终，他给我发了一部分。这些邮件看起来显然是真的。其中一些邮件明显跟圣诞节前《连线》和 Gizmodo 故事中引用的相同。莱特一直说那些故事是被"泄密"催生的，是他的一位心怀不满的员工干的。他偷了一个硬盘。无论如何，他寄给我的那些电子邮件暴露出两个有不光彩习惯的人。我是想说，他们社交方面营养不良，但智力很高。他们出没于一个发明和诈骗之间的界限并不总是清晰的世界。莱特寄给我的第一封邮件日期是 2007 年 11 月 27 日，当时他在悉尼会计师事务所 BDO Kendalls 工作。两人在写一篇关于"互联网银行业务里的 Cookies"的文章。"戴夫，明年我们会出一个大东西。我会告诉你的，但不是现在。"他写道。克莱曼回复告诉他在读什么——"萨根、费曼、爱因斯坦"——又补充说："我希望今年我们能够一起参加一个会议，这样就能撮一顿，随便聊，而不是通常那种大半夜里脑泻般的邮件交换。" 2008 年 1 月 1 日，莱特在一封邮件的结尾写道："现在还什么都没有，但是我很快就需要你帮我做一件大事。"

在 3 月 20 日莱特发的一封邮件里，比特币话题相当醒目地出现了："我需要你帮我编辑一篇将在今年晚些时候发表的论文。我一直在研究一种新的电子货币形式。比特现金、比特币……你总是出手助我，戴夫。我想让你也参与进来。我不能用我的名字、GMX、vistomail 或 Tor 来发表。我需要你帮忙，我需要一个比我本人更好的形象使它成功。"莱特告诉我，编码是他做的，克莱曼帮他写了白皮书，使语言更"平和"。你恐怕会想象，一个像比特币后面的程序那么聪明的东西，这个工作会需要复杂的无休止的讨论。但莱特说，他们主要是通过直接短信和电话讨论。那时候莱特已被会计师事务所解雇（2008 股灾的后果），与当时的妻子琳恩还有很多电脑，一起退休去了麦格理港的一个农场。正是在那里，莱特说，他完成了比特币的大部分开发工作，与克莱曼的交流也最频繁。聪的白皮书《比特币：一种点对点的电子现金系统》于 2008 年 10 月 31 日在一个密码学的电子通讯群里发表。

2008 年 12 月 27 日，莱特写信给克莱曼："我的妻子会不高兴，但我不会再回去工作了。我需要时间继续我的想法……报告很不错，文章也发表了。我已经收到了人们的回复，唾弃并攻击我们所做的事情。那些混账们都错了。我他妈的已经秀给他们看了。他们应该专注在科学上，扔掉那些政治化的垃圾。我需要你的帮助。你编辑了我的文章，现在我需要你帮我把这个想法实现。"莱特告诉我，尝试了好几次才使得程序启动并运行。他从 2009 年 1 月初开始测试。"真钱那时候才开始流进来。"他说。区块链中的始发块，被称为"创世区块"。区块就是可证实地记录下有史以来每一笔交易的文件。"实际上有几个版本的创世区块，"莱特告诉我，"程序搞砸了好几次，我们修改了好几次。创世区块是最后没有死机的那一块。"哈尔·芬尼从一开始就参与了，并收到第九块，比特币的第一笔交易。这是新加密货币的关键一刻：第九块上永远记载着，聪于2009年1月12日送给芬尼10个比特币。这是我们知道的第一笔来自聪的交易。聪在同一天还与另三个人做了交易。我问莱特那三个收件人都是谁，或那三个地址都是谁的。"戴夫，我自己，"他回答，"另一个我不能讲，因为我没有权利讲。"莱特告诉我说，那时候他和戴维、加文·安德烈森，以及谷歌工程师迈克·赫恩都有交流。加文·安德烈森后来继续领导了比特币的开发工作，迈克·赫恩对比特币的发展方向有很多想法。但我问他要聪和这些人之间的电子邮件拷贝时，他说他在躲避澳大利亚税务局时都抹掉了。这就很奇怪，至今也疑问重重，为什么有的邮件丢失了，有的又没有。我觉得他相信玩捉迷藏比当一个阅历透明的人更有趣。

　　莱特给克莱曼的电子邮件显示，当时他已经开始挖那100万个左右的比特币，即中本聪据说拥有的数目。"我在赌博和银行业务中有几个潜在的客户，"他给克莱曼的信里写道，"我想我可以每周工作十到十五个小时，假装有一个咨询公司，用它来装配和购买需要的机器。如果我把代码和监测自动化，产量可以加倍，还可以比别人提供更多……机架已经设在巴格努和里萨罗①了。我想我们可以每月设置100个核心，再增加到500个左右。"克莱曼当天答复会鼎力相助。

　　"克雷格，你知道我会随叫随到。你改变了一个十多年之久的范

_____

① 巴格努（Bagnoo）和里萨罗（Lisarow）都是澳大利亚新南威尔士州的地名。

式，毁掉了几个学院派的成果。你真认为他们会心甘情愿地接受？我知道你不会的，但尽量别让那些意见往心里去。让你的论文说话。下一次记得也给我一份会议进程的拷贝。你知道我旅行多么不便。"这些内容描绘出这样一个画面：远在佛罗里达州里维埃拉海滩的一个牧场式的小房子里，病恹恹的克莱曼昼夜坐在电脑前。就在写完上封电子邮件之后，他在医院住了很长时间，令人提心吊胆。两人约好于2009 年 3 月 11 日在佛罗里达州举行的会议中见面。克莱曼在邮件里表达了他将与莱特一起喝几杯啤酒的激动。克雷格和琳恩住在迪士尼的科罗纳多温泉度假村酒店里。克莱曼开着特制的面包车到达，带着灿烂的笑容冲进了酒吧。克莱曼是莱特从未有过的兄弟、狐朋狗友和志同道合的电脑呆子。连琳恩都不知道他们在说什么。

在我访问澳大利亚期间，我在悉尼北岸的查茨伍德跟琳恩见了面。查茨伍德是繁忙的商业区，周六早上人山人海的。她和莱特是在网上认识的。当时她是渥太华军事医院急诊护理室的护士长。她告诉我，他们在网上才认识六个星期左右，莱特就向她求婚了。等她最终到悉尼去见他时，他带了戒指去机场。"他二十六，我四十四，"她说。两人以前都没结过婚。

琳恩告诉我，相对二十六岁这个年纪，他算是很成熟的。"他总是想当最好的，问题是，他会留下满地的尸体。他会踏着别人前进。"她开始为他工作，"他是极客，我是跑腿的。"他在信息安全方面工作机会很多，为澳大利亚证券交易所做事，为 Centrebet 做事。Centrebet 就是他最初认识斯蒂芬·马修斯的地方。莱特告诉我，他担心的是，如果他被曝光是中本聪以后，他为网上赌博公司做的一些事情会给他惹出麻烦。其他消息人士告诉我，他和克莱曼参与过非法赌博。"我知道戴夫·克莱曼和他一起做事，"琳恩告诉我，"我记得他们说电子货币是未来的方向。我从来没对任何人说起过，但知道他在做这方面的工作，我没问，因为我知道如果我搞不明白，他该不让我活了。他有非常反社会的人格。"

琳恩说，她的丈夫很敬佩克莱曼。她也欣赏他。"他热爱生活，"她说，"他有一个聪明的脑袋，像克雷格，但他还有一个温柔的灵魂。"她记得奥兰多那次会议。"我们住在一家看起来像一个巨型卡通的宾馆里，"她告诉我，"我们在一个酒吧里见的面。他是个年轻人，三十多或四十出头的样子，棕色头发，留胡子，长相一般。但我的天，他可爱玩了。那天可能是他的生日。我在迪士尼商店里买了几顶帽子，克雷格的是布鲁托狗帽，戴夫的是一个巨大的生日蛋糕。跟克莱曼在一起，莱特也变了一个人似的。我从来没见过他那样子，就像在说：'我长大了要跟他一样。'戴夫把克雷格软化了。他们一起写的很多东西都是他的声音。我从没见过克雷格对任何人有这种反应。当他拿不准的时候，他就去和戴夫聊天。我想他希望成为戴夫那样，但也知道那是不可能的。"

"想要那种气质吗？"

"是啊。戴夫对他有好处。让他意识到，生活不会总是一帆风顺的。"

我问她是否觉得他是一个有缺陷的人。"是的，"她说，"他也开始意识到这一点。他知道自己在工作上做得很好，但做人不够好。"她盯着自己的杯子。她说："我们在农场的时候，我很想找有四瓣叶子的三叶草，但根本找不到；可克雷格一出门，就找到三片。"

2011年年中，聪突然消失了。除了一两封谴责假冒中本聪的电子邮件，再无音讯。据说此时网络警报键的控制权已经转交给安德烈森负责。拥有这把密钥使得持有人相当于比特币的首席执行官。2011

年 9 月 10 日，莱特给克莱曼发了一封邮件："记载在案。我不能再做聪了。他们不再听我的。我作为一个神话更好。我还是继续讲课、发牢骚去吧。没人理睬，就因为是我。戴夫，我恨死了，我的化名将永远比我更受欢迎。"

出于某种原因，可能是担心澳大利亚税务局，2011 年 6 月，莱特建立了一个名为郁金香的信托基金，并要求克莱曼签署一项协议，承认他——克莱曼——将拥有 1100111 个比特币（当时价值 10 万英镑，目前约为 8 亿美元）。这里需要澄清一下：没有证据表明克莱曼曾经控制过这个基金。但另有一个克莱曼将收到 35 万个比特币的协议。这个协议是生效了的。信托文件说："所有的比特币都将于 2020年 1 月 1 日归还给莱特博士。"

> "这项安排的记录任何时候都不得公开……莱特博士可以凭借如下理由（但不能是其他任何理由）申请比特币贷款：进一步研究点对点系统……提高比特币价值和地位的商业活动。在所有情况下，所有贷款资金的交易都将在澳大利亚和美国之外完成，除非已经有了一个清楚的可以接受的承认比特币的方式……最后，我同意不透露跟 C941FE6D 这个 ID 相关的密钥后面的身份，也不透露 satoshin@gmx.com 这个邮箱地址的原始使用者。"

克莱曼签了字。"我认为你疯了，这太冒险了，"他在 2011 年 6 月 24 日给莱特的一封电子邮件中写道，或许意识到有可能违法，"但我相信我们正在努力做的事情。"与此同时，莱特似乎越来越沮丧。他既想成名，又想抑制这个愿望。他渴望得到应有的承认，同时又宣称他唯一的愿望就是回到办公桌旁。"有些人爱我的秘密身份却恨我。"

同年 10 月 23 日，他写信对克莱曼说，"我有数百篇论文。聪只有一篇。他一无所有，只有这一篇破论文，而我就不能把我和我联系在一起了！我烦死了这帮家伙，戴夫。烦死了学术界的攻击。烦死了收税的弱智们。烦死了不得不玩诡计，像把资产转移到海外，因为怕万一成功了。"

我逐渐感到莱特和克莱曼之间的有些秘密可能永远也不会曝光。当问及克莱曼和金钱时，莱特常常会闭口不言。有一天，他突然一阵意气风发，向我展示了一个软件，说是美国国土安全部从他和克莱曼那里赚走的。当我问他们是否做政府安全工作时，他笑了。大多数人提到聪的第一个反应就是所谓的比特币囤积：他发明了这个东西，创建了创世区块，而且从一开始就在挖比特币。可是，莱特的钱在哪里，克莱曼的钱在哪里？我收到的那些邮件似乎把这个问题稍微澄清了一点，但是，在与莱特的几十个小时的交谈中，他从未明确地告诉我他到底挖了多少比特币。（顺便提一句，挖矿并不创造实际价值，而只是这么一个过程：矿工把计算机设置好，通过解决数学难题而消耗能量，以获得一个既定"价值"（即一枚比特币）的"奖励"。）我知道，他也知道我知道，因为我曾多次告诉他，他并没有把他和克莱曼之间的所有事情全盘托出。他说这很复杂。

2014 年 2 月 26 日，澳大利亚税务局与莱特澳大利亚公司的代表在悉尼会面。那次会议的记录倒是更有帮助。根据记录，莱特的代表约翰·柴切尔详细介绍了莱特和克莱曼之间的财务合作。这是莱特出于某种原因不想告诉我的事情。柴切尔说，莱特和克莱曼成立了一家莱特和克莱曼信息保护有限责任公司（W&K），一个"为开采比特币而成立的实体"。部分比特币放入了塞舌尔基金，另一些在新加坡的一个基金里。据柴切尔的说法，莱特"拥有约 110 万个比特币。曾经

秘密生活　　107

一度拥有所有比特币的大约 10%。克莱曼先生应该也有类似的数额。"

我向莱特询问此事，他告诉我说，他和克莱曼确实因为采矿活动而成立了一个复杂的信托基金。这个基金问题一直含糊不清：不仅是到底有多少个基金，而且谁是受托人，以及成立日期。唯一前后一致的是莱特拥有 110 万个比特币。他说他的比特币，如果没有（几个）受托人的同意，现在不能动。他还说，给了克莱曼 35 万个比特币，他也没有动过。而是储存在自己的一个硬盘上了。

莱特还在英国成立了一家空壳公司。"我知道你想要什么，我知道你多么不耐烦了，"克莱曼在 2012 年 12 月 10 日写道，"但我们真的必须做对了。如果你失败了，你总可以重新开始。这就是你拥有的真正优势。"克莱曼可能是指他们会挖比特币，并能像松鼠那样搬走藏起来。但他显然也在担心莱特的应对能力，以及莱特对税务机构的神风敢死队态度。"克雷格，我爱你就像自己的兄弟，"他补充说，"但你真的很难让人接近。你需要人。不要把别人都推开。你的信托基金已经有超过 100 万个比特币。开始为自己和家人做点事吧。"

大约就在这个时候，一个十八岁的信息技术爱好者阮宛（Uyen Nguyen）开始与他们合作。克莱曼很快就让她当了他们公司的联合经理，后来她成了基金会的重要人物。不清楚如此年轻又没有经验的人是怎么获得这么大的影响的。莱特告诉我说，她"暴躁、反复无常，无法控制"，又补充说，克莱曼喜欢年轻女性，而且她很忠诚，值得信任。只是她老"想要帮忙，结果越帮越忙"。当我为此故事准备资料时，莱特开始显得担心阮。我觉得谈到她时，他处在一个非常复杂的谎言之中。"我的撒谎方式，"有一天他告诉我，"就是让你相信一些东西。如果你不再提问，走了，我也不会纠正你。这就是我的谎言。"

2012 年底，戴夫的身体开始垮了。"截瘫病人会病得很厉害，"琳恩·莱特用护士的口吻说，"褥疮变糟，又不能对付感染。戴夫一直在医院出出进进，我都不知道他生活的真实情况。"莱特告诉我，克莱曼一直有女友，但承认对他的生活了解并不太多。跟莱特和他的第一个妻子一样，他们是在聊天室里认识的，真正见面的次数不超过五六次。克莱曼似乎日夜都在电脑前，似乎病得越厉害，就越不跟人联系。2013 年 4 月 27 日下午 6 点，一个找了他好几天的朋友发现他已经死了。他坐在轮椅上往左边倾倒，头靠在手上。床上扔了一把口径 0.45 的半自动手枪、一瓶威士忌和装满子弹的弹匣。离他坐的地方几英尺远的床垫上，发现了一个弹孔，但克莱曼死于冠状动脉心脏病。血液里有处方药和少量可卡因。

"我们从未真正觉得'我们创造了聪'，"莱特曾经告诉我说，"效果很好。任务完成了。很酷。但我认为我们并没有意识到这会变得多重大。"

"你们之间没谈过这事的发展？聪变成了大师？"

"我们就是觉得很滑稽。"

莱特顿了一下，摇了摇头，然后就哭了。"我爱戴夫，"他说，"我应该多看望他几次。我应该多跟他聊天。我应该保证他妈的他有钱去一个好一点的医院。我认为他没有权利选择不告诉我。"

"他到底发生了什么事？"

"我们两个都没有钱，没有真钱。我们在自由储备银行中有钱，那是哥斯达黎加的一个交易所，但美国人把它作为洗钱机构关闭了。戴夫在他携带的硬盘上有些比特币。大约有 35 万个。"

"他希望比特币会……"

"我说过了，那时候不值多少钱。戴夫死后一个星期，价值上涨了 25 倍。"莱特不停地擦眼睛，摇头。他强调说那些发表意见的人始终不能理解的是，在很长一段时间里，比特币根本不值钱，他们得不断地找钱来维持整个运作。他们担心倾销自己囤积的比特币会淹没市场使货币贬值。莱特和克莱曼的一个共同点是，他们不知道如何把自己的想法变成现金，而且总是被债权人追打。克莱曼死时的感觉是一个失败者。他的家人谁都没有挪动他的电脑上的比特币的密钥。他死后，家人也没有就他的遗产申请遗嘱认证，因为他们认为没有价值。根据声称的克莱曼个人持有的比特币来算，现在价值 2.6 亿美元。

伦敦办公室

在伦敦的人似乎都不怎么被莱特先前那些胡说八道影响。自从 2015 年 12 月《连线》把他"暴露"之后，计算机技术世界就不把他当回事了，但莱特及背后的公司却继续推进，并在一家昂贵的公关公司的帮助下，筹备着一个"真相大白"事件来证明反对者的错误。此时这笔交易背后的公司 nCrypt 对莱特的投资不断增加，因此迫切需要这个我认为远未准备充分的故事。这个故事需要绝对证据，而他们自己都承认，连他们都还没有见到。但他们继续打造他。2016 年 1 月，伦敦的一个雨淋淋的下午，莱特带我去看那个正在修建的大办公室。那是 nCrypt 交易的一部分。世界很快就忘了他们曾经认为莱特是聪。12 月时"揭秘"他的那一两个媒体，被受欺骗的抱怨刺激，已经从网站上撤下了原来的文章。对这个说法的兴趣持续了几天之后，大多数人已经做出了自己的结论，那就是莱特和聪没有任何关系。在严格指令下，莱特没有回应媒体指责他搞了一个骗局的报道，但我们单独在一起的时候，大部分时间就我俩，他会逐一反驳那些批评者的意见。最后他会耸耸肩,好像最隐晦的事情其实一目了然。

有关莱特的新闻报道和莱特本人有一个共同点,那就是很成功地使他看起来比他实际上更不可信。据我的观察,这也是电脑极客的一个普遍性格。他们满足于自己所知的,但不去解释它。他们会用一个算法去回答一个直截了当的诽谤,或者,不屑于为一桩大事件邀功却又花一整晚的时间试图证明某个小东西是自己做的。去年12月期间,许多指责莱特撒谎的都是其他程序员。具体情形,看看Reddit或其他比特币论坛就知道了。这些人大部分都在暗处,不会被审查,而且,正如揭露自己违背本性一样,即使在压力之下,澄清自己同样也不自然。他们只是耸耸肩而已。

程序员指责彼此撒谎,但他们真正的意思其实是,他们对软件应该如何工作意见不一。在我和莱特秘密合作期间,我会给我的同事约翰·兰彻斯特发短信,因为我知道他会保密,而且明白这个故事的关键所在。"想象一下,"我给约翰解释说,"小说家们开始玩一个奇怪的游戏,试图否定彼此的小说的合理性。在没有'证据'哪个是对的、哪个是错的情况下,他们激烈地争论,互相随便指责,而目标又不是真正解决问题。"

"埃德蒙·威尔逊在哪篇文章里说过,诗人不喜欢彼此的书,因为它们似乎都是错的、假的,像一种谎言,"约翰回复说,"如果你说的是真话,你就会写出和我一样的诗。"

于是,莱特最熟悉的世界称他为骗子。我们访问他的新办公室那天,他似乎已经无可奈何地接受了这个事实。很长一段时间之后,他告诉我说,那几个月是他的计算机科学职业生涯的巅峰。他秘密研究的东西似乎终于要成形了,既精彩又有利可图。人们称他为骗子让他很恼火,但他与nCrypt的交易要求他证明自己是聪也同样令他头大。

他痛恨被指控为骗子，同时他也痛恨他必须去证明他不是骗子。把两种好处都占了的生活，需要一定的勇气和无耻，莱特正把他的双重生活过到极致。

莱特把我介绍给艾伦·佩德森。艾伦是他在悉尼时的项目经理。我们在一间工作室里，就在牛津广场附近的麦格雷戈的办公室再上一层楼。我们站在一个玻璃工作台边，旁边有一个写满字的白黑板。对面的墙上刻有亨利·福特的名言："无论你认为你能还是认为你不能，你都是对的。"佩德森告诉我，他被叫来领导一个小组，准备头一批的三十二个专利申请，计划在4月份完成（现在是1月）。除此之外，还有"多达四百个专利的想法"，比如使用区块链来准备在多年之后的特定日期生效的契约，或使用区块链让汽车告诉主人该加油了并支付加油的花销。从此刻到接下来的几分钟内，莱特用第三人称指自己。"克雷格屁股上被狠狠踢了一脚，"他说，"因为克雷格做了大量的研究但束之高阁，但现在必须都完成了并变成像样的东西。"

"你怎么使他有条理？"我问佩德森。

他说："我就是那种有条理的人。克雷格来办公室时，总是话正好说了一半。我就努力弄清楚整句话是什么，并围绕他的话来安排工作。我相当于把他的想法落实到实际，放在我们正在做的事情之中。我是克雷格和软件开发工程师之间的黏合剂。"

按照莱特自己说过的那些事，他显然经常觉得很难与那些为他工作的人相处。当他们说事情不可能的时候，当他们的想法太传统，或者当莱特认为他们太愚蠢了时，他就会发脾气。雷蒙娜告诉我，在悉尼的工作人员中40%都处于反叛状态。"我是个混蛋，"克雷格再次对我说，"我自己知道。"佩德森的任务，是让软件开发工程师们保持冷静，他们的工作是把莱特的想法变成可以获得专利，并最终转让出手的形式。"我必须保证这些想法得以实现，"他说，"克雷格对那部分不感兴趣。他总是在想新的。"

"克雷格擅长研究，"莱特说，"但他的开发和商业化能力很差。我建立起系统，它可以运行了，我就走人。"

"你就开始失去兴趣了？"

"我已经失去兴趣了。我证明完了就走。"

"越来越容易了，"佩德森笑着说，"一开始相当复杂。"莱特对技术应该如何发展，以及如何"扩大规模"来应对更大的需求有明确的观点。"可以扩大到任何规模，"莱特那天说，"我已经测试了340千兆的区块，比现在的大几十万倍，可以包括每个证券交易所，每个登记处……但比特币毕竟是1980年代的程序，因为我就是那时候学的……想法是好的，代码也很可靠，它可以运行，完成任务，但太慢且烦琐。早期有些东西需要修改，也修改了，但它并不像大家想象的那么完美。最终，它需要变成专业代码，需要从用户网络转移到服务器网络环境中。然后就可以做得更多、更快。"也有些人觉得它应该保持小规模，做大了就背叛了最早制定的原则。

"这就是区块链的未来。"佩德森说。

"人们说我们现在还做不到，"莱特说，"但我们应该长大了。比特币应该专业化了。"

佩德森摇了摇头。"我们并不是在一个知道自己在干什么的世界里工作，"他说，"想法来自克雷格。然后我建立起一些基本规则，然后我们就开始付诸实践了。我把大家的方向定了，但不断地回过来跟克雷格说，我们需要把这个或那个问题搞清楚。我始终把他们和他放在一个圈子里。克雷格的好处是他乐意我给他派任务。我们的关系非常奇怪。我向他汇报，但我同时又给他派活。效果似乎很不错。"他很累，整个团队都累了，但他们对按时提交专利申请信心十足。

当克雷格离开房间去接电话时，佩德森小心地把门关好。"他是一个非常好的人，"他说，"但也是他妈的噩梦。他每天早上一进来，我就想：'他又在说什么？'"佩德森告诉我，他怎样对付他，怎样让他专心，如何努力让他不偏离目标。"当我这里有新人时，"他说，这里新人多的很，"我必须训练他们如何与克雷格交谈。这是我必须做的事。有时候，他解释不清楚，于是就发火。这也是有趣的部分。你不能和他在同一个房间里，他总在要告诉你什么事。他就像史蒂夫·乔布斯，还更糟糕一些。"

我们去新办公室时，那里还是一个施工地，但四周后就会开始使用。莱特炫耀自己是做好了一切准备的人。他穿了细条纹套装，戴了条红宝石色领带，看起来就像 80 年代的债券交易员。只有眼光依然是密码朋克的，流露出他在躲避什么。他不像前来视察领地的国王，他是小丑。在牛津街过马路时，他开玩笑说自己可能是摩西，车辆分开，他走向应许之地，一条陋巷里的一套全新的办公室。①

*

佩德森也一起来了。"这家公司是这样运作的，"他说，"10 月份，你坐在温哥华的办公室里，"——温哥华是母公司 nTrust 所在地——"突然，罗布·麦格雷戈宣布：'我们 4 月份时需要这三十多项专利，你们可以什么时候去伦敦啊？'"匆忙申请专利是为了把公司巨额卖给谷歌或任何人。这个交易背后的人热切希望打败其他区块链的开

---

① 这里借用《圣经》里摩西出埃及让大海分开的典故。

发商，尤其是银行和金融机构组成的 R3 共同体，后者去年年底开始投大钱发展这项技术。一个年轻的爱尔兰女士陪同我们。她负责设计新办公室。麦格雷戈的公司在莱特身上投了成百上千万美元。这家新公司 nCrypt 基本上就是围绕他建起来的。这在办公室的设计上也表现出来。莱特将占用巨大的转角办公室，从办公室望出去是延绵的牛津街。麦格雷戈确实相信莱特，不管他有多讨厌，但我一直不明白的是，他为什么没在花大钱之前，多分析分析自己的疑心。他是律师，却把信任置于踏实工作之前。如此聪明的一个人，这么做不可思议。顺便说一句，麦格雷戈从未跟我用过"这是不能发表的内容"这句话，只有一次，已经是很后来的事了，他才这么暗示过：他说了些什么，然后又说如果我引用他的话，他会否认。事实上他提供了大量信息。但是，他从未告诉过我，这个项目的钱来自何处。

设计师挥舞着色板。"我们决定选用斯堪的纳维亚风格。"她说。

"这个地方很合适，"莱特说，在空地上大踏步，"尤其是可以屏蔽我不被我自己影响。"锤击声和钻孔声中，莱特站立在 20 英尺见方的办公室中，落地玻璃窗前，可以俯瞰苏荷区的中心。

"你记得《家族风云》①里的尤因吗？"我问道。

莱特大笑。他说，最过瘾的是，这一切都在秘密中进行，当外面的世界把他当成坏人和牛皮大王而唾弃的时候。"如果聪必须现身，他会闪亮登场。"他转身跟设计师说，"会议室应该装磨砂玻璃。我们会在白板上讨论很多工作。"他抿了一下嘴，又笑了。"会安装互动式白板吗？这样我就可以跟悉尼的同事们联系了。"

---

① 《家族风云》是美国经典肥皂剧，关于得克萨斯州的石油富豪尤因家族的故事。

我们在新办公室待了一个小时。"他们还说什么都没有发生，"回到电梯时莱特说，"这一切完全是我们想象中的一个幻影。我不是聪，这些都不是真的。"再次走上街头时，他告诉他有足够的钱应付所需。"而且我会永远卸掉背上的负担，只需要继续做我最擅长的一件事，不是做生意，不是当经理，而是搞研究，并维护我们发明的这个东西。"莱特心满意足，但麦格雷戈一再告诉我，nCrypt已经在谈判把整个公司卖给出价最高者了，如他所说"买入，卖出，加几个零"。他从未掩饰过这个目标，但莱特没有正视这一点。我再次去他的角落办公室的时候，装修已经完成了。办公室里摆的是从悉尼空运来的紫红色皮革扶手椅和沙发。正如我先前开玩笑说的，看起来就像得克萨斯石油巨头的办公室。墙上挂了许多装好镜框的管理证书，旁边还有穆罕默德·阿里签名的照片。

　　我告诉佩德森，我认为莱特正在为这笔交易的细节挣扎：他必须现身。"他卖掉了灵魂，"佩德森说，"就这么简单。克雷格和雷蒙娜是一个危险的组合。他们不能只管签署所有这些（法律）文件，还假装没事儿，还以为自己总能找到办法。这肯定不行。他们现在必须走到头，并接受一切后果。而他们还要坐着头等舱坚持下去。可以预见，当这个中本聪事件出来的时候，会有很多不好的事情发生，而他们谁都没有为此做准备。"

　　"我很担心他。"我说。

　　"这里的结局不会好的。"佩德森说。

　　"在澳大利亚时也是如此吗？"

　　他说："完全一样，但在澳大利亚，你还可以说他控制一切。他什么都没有学到。他现在困在这个盒子里，不能动，什么都不能做，而这个盒子正在变得越来越小。"

"你觉得他想当聪吗?"

"我相信。这在他的本性里。他很想得到认可。他已经说得太多了。跟他一起工作两个星期后,我就知道了。"

"他和雷蒙娜告诉我,他们有一个协议,永远不出来。"

"我的感觉是,她不希望他出来,但他确实想。他一直在为此奔走。"

我和一位科学家交谈过。他五十多岁,非常内向冷静,搞这个技术有好多年了。他和佩德森都是老派的信息技术人员,说话安静,对出风头毫无兴趣。他俩都认为莱特跟别人不在一个层次。这位科学家从一开始就要求匿名。他对我说,他一直担心的是莱特对细节缺乏关注,还有他喜好阴谋诡计的个性,但毫不怀疑莱特的大局观。这个科学家正在帮助监督所有的白皮书和专利申请,并管理一个信息技术专家和数学家组成的大团队。我问他是否担心 R3 共同体在区块链技术方面的工作。"他们会失败的,"他说,"他们没有聪。外面存在一种恐慌感,对区块链和比特币充满误解。他们雇用懂比特币的人,并试图花钱进入比特币,以免被淘汰。我读过一些正在等待批准的专利申请,是美洲银行申请的。跟克雷格正在尝试的区块链应用相比,根本不怎么样。"

这位科学家描述了大家如何搞清莱特脑袋里的想法。"你不能说:'跟我解释一下。'如果你这么问,他就会跑题跑得没边了。第一,他很难解释清楚他脑子里的东西。经常那些想法也是刚刚才冒出来就被放进谈话里了。你想从他那里得到的是'是'或'不是'的回答。我们会拍摄他在黑板前,然后有人把上面的内容抄下来。"

他举了一些例子,有时候研究小组中每个人都认为莱特描述的东西是不可能的,这没法完成,那个软件无法胜任,区块链不能再扩大。然后，突然大家都明白了他在说什么，进而佩服他的独创性。这个科学家告诉我："我会仔细琢磨他说的话，从中找出智慧的珍珠。如果找不出，我就会做一些猜测。我必须训练我的团队以这种方式工作。他们必须是优秀的研究人员，必须懂得这项技术，并能够应用。"

这位科学家还说，工作人员常常会对莱特的脑子急转弯感到惊奇。但他承认他们也对莱特技术知识面的各种漏洞感到惊奇。这很奇怪。这位科学家和团队认为莱特对区块链技术有丰富的经验和把握，他视之为自己的发明，而且似乎里里外外都了如指掌，但他又会写出一些明显不对的数学公式，或暴露出对团队人尽皆知的东西缺乏深刻理解。与我交谈过的人都不能解释这种矛盾。"他的一大问题是沟通能力极差，"该科学家说，"他发明了这个美丽的东西，这个所谓的价值互联网。但有时他只会用方程式说话，而不能或不愿意解释其内容和应用。"他也暗示，他的错误可能是懒惰和对细节缺乏关注的结果。

我自己也知道这一点，但我多多少少地却对技术人员也有同样的体验感到惊讶。另外，给人印象深刻的是，像这位科学家和佩德森这样的人，可以对老板抱有如此深重的矛盾心态。我问佩德森他是否认为这项工作确实是革命性的，他的蓝眼睛里流露出一种非自然的疲惫来。"我是这样想的，"他说，"但我不认为他会得诺贝尔奖，因为他太政治化了。他就像个街头斗士，倒是可能会进监狱什么的。"

这个故事的主要人物都很热心地帮助我，畅谈他们所知，并给我看各种文件。但每次也都有避而不答的话题，好些最终也没能澄清。斯蒂芬·马修斯是最帮忙的一个。他让我留意莱特个人生活中的那些人，并且给了我一份他与即将成为聪的这个人交往历史的打印件。马修斯指出，莱特与麦格雷戈签署这笔交易时，他的公司全都没有可行的商业计划。莱特的财务情况一团糟。他们不能支付员工的工资，有些人已经离开①；佩德森和其他一些人留下来了，但没有薪水。莱特欠他的律师 100 万美元，养老金汇款逾期未交，也未偿还贷款。公司急需 20 万英镑才能熬到下一周。克雷格和雷蒙娜把他们的汽车都卖了。其中一个公司已经被接管，再加上澳大利亚税务局紧逼，"所有相关的经济实体都处于崩溃的边缘"。其他消息来源告诉我说，在签署这笔交易之前，麦格雷戈也试图评估莱特研究的价值，还委托他人对这些公司做了"高度概述"。麦格雷戈指示马修斯于 2015 年 6 月 24 日到达悉尼，当时最后的评估正在进行，一个草案已经谈妥，让 nTrust 收购"知识产权以及所有的公司"。

有天晚上，我主动约马修斯一起晚餐。我们在杰明街 92 号的福南梅森百货店里面的餐厅见了面。他似乎跟餐厅的红色格调很不协调：一个高高大大、秃顶的澳大利亚人，笑起来声音爽朗。他穿了一件格子衬衫，很热心地向我透露一切他认为有用的东西。马修斯显得比麦格雷戈更友善，既直率又非常忠诚，似乎没有意识到这两者可能相互抵消。急于推销的商人的一个任务是要对自己的立场更加坚定，因此，跟麦格雷戈一样，马修斯花了很多时间兜售，而不是去调查莱特是聪的理论。他们把我拉进来告诉世界莱特是谁，但他们自己都不能完全肯定。有一次他们似乎过于急迫，差点把我们之间的关系弄僵。说起来有点不可思议，他们会请一个作家来张扬一个事实，却不先提供无可辩驳的证据表明这个事实是真的。大多数时候，我努力消化这一切，甚至挺享受各种疑问，但同时期盼早日澄清。

---

① 莱特告诉我，员工们不愿意拿比特币当薪水。在这里值得指出的是，莱特似乎一直在设法将比特币变成更有用的货币。在一笔交易中，他试图购买一批容易兑换的金条，却被骗了。他向我承认，他给了一个名叫马克·费里尔（Mark Ferrier）的骗子价值 8500 万美元的比特币，却没收到黄金。

马修斯喝了一点酒，但不多。他说起在悉尼签署这笔交易那个晚上。我们把车停在罗布的旅馆外面。他说："你知道你刚刚做成了什么吗？你刚刚做成了职业生涯的最大交易。这是个 10 亿美元的交易啊。妈的，可能都不止。10 亿多。"

"为什么罗布如此深信不疑？"

"不知道，不知道。（麦格雷戈后来告诉我，他信了，因为莱特给马修斯看过聪的白皮书草稿。"我一直记得那一点。"麦格雷戈说。）如果他是一个骗子的话，我还真不知道他怎么做到的，这东西没法编啊。"

马修斯告诉我，莱特曾在悉尼的邦迪冰山俱乐部跟罗斯·乌布里希特（Ross Ulbricht）会面。乌布里希特是"丝绸之路"的创始人，现在在服两个无期徒刑。"丝绸之路"使用比特币交易各种违禁品，因为交易可以匿名进行。莱特后来承认，这次见面确实发生过，但说乌布里希特尽讲他自己了，根本没有讨论到比特币。马修斯似乎认为这不太可能。他也猜是否主要是克莱曼与乌布里希特的关系；其他消息来源也这么认为。

"莱特做了一个交易，要以聪的名义现身，"我对马修斯说，"他意识到这所牵涉的一切吗？"

"给过他很多钱的犯罪团伙，还有知道内情的人，"马修斯说，"如果他们冒泡了怎么办？还有在狱中的罗斯·乌布里希特。他好像今年或明年会上诉。如果罗斯看见到处都是聪的名字，到处都是克雷格的名字，他会怎么想？他会不会说'我跟这小子吃过午饭。我们做过一笔交易'？我并不担心克雷格做了什么，我担心的是跟他有牵连的那些人。"这个采访很奇怪，他竟然会抖搂这些信息，既然他也想推销这个人。为了对莱特公平，又或许马修斯只是满嘴跑火车，我把他说得最过分的那些内容都保留了，包括这次和后来说的。

我们谈到了莱特和麦格雷戈之间正在出现的一些矛盾。"克雷格和雷蒙娜非常担心钥匙要脱手了，"我说，"他觉得给出钥匙是一种自我毁灭。罗布脑子里有一个好莱坞似的结局，但看起来越来越不可能。你不能在没有充分证据的情况下，进入市场，声称拥有一切合法权益。"我告诉马修斯，莱特和克莱曼之间的电子邮件仍有缺失。当公众接受他就是聪之前，会希望看到那些邮件，因为可以设想，里面会有发明者才可能知道的关于这个发明的细节。莱特说会在下周三前给我那些邮件，但不了了之。

"我知道里面有什么，"马修斯告诉我说，"喋喋不休地唠叨跟戴夫一起在哥斯达黎加干的那些不合法的事情，尤其是在哥斯达黎加赌场干的，他们拿到了2300万美元的收入。只做安检是得不到这么大一笔钱的……那些比特币都是他自己挖的，用哥斯达黎加那些钱买的设备。"再重复一遍：马修斯为什么要提这些事呢？我觉得这一点是很明显的，莱特有隐衷，无法讲出全部真相，不管真相是什么。我甚至不敢说他把所有实情都告诉他妻子了。也许他告诉了，因为她多次提到，有很多事情，她不能跟我讲。"他们会来抓我们的，他们会毁了我们。"她说，情绪很激动。马修斯说，他不知道那是指什么。但他倒是告诉我曾经跟麦格雷戈说过的话。麦格雷戈曾问他想从这笔交易中得到什么。"绝对什么都不要，"马修斯说，"卡尔文付我多少是多少。卡尔文是我现在和将来唯一听命的。"

卡尔文·艾尔（Calvin Ayre）是让这个团队变得默不作声的主要话题之一。我第一次跟莱特会面时，莱特称他为"在安提瓜的那个人"。在我们早期的那些会议上，麦格雷戈从未提到过他。后来我告诉他，雷蒙娜提到在安提瓜的一个大个子，他说不介意谈谈他，但没有再提起过他的名字。今年 2 月时，他们把莱特带到安提瓜去发表演讲，我给马修斯发了电子邮件，问我是否也可以去，他没有答复。后来莱特情绪低沉时，问我是否告诉过麦格雷戈，关于艾尔是他们说漏嘴了。我说不是他们，艾尔的名字最早是马修斯提到的。我和马修斯一起吃晚餐时，安提瓜会议正在安排之中，他很随意地说到艾尔，也从未要求过不能发表。麦格雷戈从未详细介绍过艾尔的参与，但这几个人定期访问安提瓜，让我怀疑这里面的牵连不小。马修斯像平常一样爽快，总是谈到艾尔，好像他是整个事件的核心的核心。但我没有其他证据，只能说艾尔是一个感兴趣的观察者。有趣的是，nCrypt 唯一的股东（股份每股值 1 英镑）nCrypt Holdings，是在安提瓜注册的。

跟麦格雷戈一样，卡尔文·艾尔也是加拿大人。他的父亲是养猪场场主，1987 年因走私大量牙买加大麻到加拿大而被判罪。离开大学后，卡尔文去了一家名为比切尔医疗系统的心脏瓣膜制造厂家，后因内幕交易被起诉。他接受了辩诉协议，交了 1 万美元的罚款，并被禁止在 2016 年前经营在温哥华证券交易所上市的任何公司。"我显然犯了一些错误，"艾尔告诉温哥华《太阳报》，"但不是犯罪问题，没有人因为我做的任何事情受到伤害。"艾尔后来创立了一家软件开发公司，旨在帮助海外博彩公司接受网上赌注。他于 1996 年搬到哥斯达黎加，在那里的两个网上赌场 WinSports 和 GrandPrix 工作。与大多数博彩公司不同，艾尔会直接寄支票，而不使用西联汇款或类似的汇款公司。再后来，他成立了博多格（Bodog）。博多格最终成为网上赌博业最响亮的招牌。（它也是马修斯离开 Centrebet 之后工作的公司。）博多格获得巨大成功。2005 年，它经手了 70 多亿美元。2006 年，艾尔上了福布斯亿万富豪榜。同一年，博多格全球总部搬到了安提瓜。美国国家税务局从 2003 年就开始跟踪这个公司。美国移民局也紧追着他的尾巴。两个部门于2006年开始联合调查。2012年，艾尔与网站的另两名经营人员以洗钱罪被起诉。他既没有认罪也没有选择无罪，但坚持自己是无辜的，认为起诉是"滥用刑事司法制度"。在关于艾尔的一篇采访文章中，我们注意到他边喝咖啡边引用《孙子兵法》："我花了很多精力找各种办法，以避免跟我的敌人交锋。"[1] 我的研究员乔希给我看了这个采访，然后联想起我和麦格雷戈第一次会面的笔记，其中他也引用了孙子的话："你为你的敌人修一座金桥让他撤退。"[2] 麦格雷戈说，一边喝着咖啡。当他这么说的时候，我不能确定敌人指谁。据我所知，麦格雷戈为之造过金桥的唯一一个人就是莱特。

在杰明街吃晚餐时，马修斯没有告诉我任何艾尔的历史，只说他特棒。"你知道克雷格本来的110万个比特币还剩多少了吗？"他后来问。关于"聪的100万个比特币"有各种相互矛盾的版本。很多人指的是聪挖矿后囤积未用过的比特币，而这个数目总是在100万个左右。这也是莱特和克莱曼所承认的数目。不同之处在于莱特说他已经花掉了很多。马修斯现在说的就是这事。"他一周前告诉我了，"马修斯说，"我一直在和克雷格进行非常严肃的谈话。我对他说：'老兄，是直接回答这个问题的时候了。你在塞舌尔的信托基金中到底还剩下多少比特币？别告诉我你不知道啊，都是成年人了，别骗我。'他的回答是10万。我知道65万拿出来资助研究和开发工作了。戴夫的硬盘上还有35万。为什么戴夫在他的加密硬盘上存了35万个？因为他给他了。那些就是戴夫的。他硬盘的钱包是加密的，他加了三四把密

---

[1] 可能是"不战而屈人之兵，善之善者也"。(《孙子兵法·谋攻篇》)
[2] "归师勿遏，围师必阙，穷寇勿迫。"(《孙子兵法·军争篇》)

钥。那为什么戴夫死时穷困潦倒？"

"为什么？"

"因为戴夫死的时候，比特币并不值钱。正是从那个时候开始，到接下来的几个星期里才飞涨的。但他显然是有原则的人，除非克雷格告诉他，他是不会动用这些硬币的。"

"你不认为戴夫自己也挖了比特币吗？"

"他当然挖了。毫无疑问。但挖了多少？谁知道……我们知道他们一起经营了一个基于佛罗里达州的公司。他们为承包商的工作。我们知道他们一起在自由储备银行丢了钱。他俩还在戈克斯山（Mt Gox）网站上丢了钱。"

莱特告诉过我，当戈克斯山比特币交易网站被黑客攻击，随后又彻底垮掉时，他损失了很多钱。在后来的电子邮件中，他还提及垮掉的戈克斯山数据库泄漏的信息中，有的把他跟乌布里希特联系到一起了。"那个送进大钱包的金额就是我的。"莱特告诉我。我的理解是，他指有一个他和乌布里希特用比特币交易的证据。他没有进一步解释。

我付账时，马修斯站了起来。"你知道克雷格出去给自己买了好几辆车吗？价值 18 万美元的车。"（我跟莱特核对时，他说是租的。）"其中一辆，就像谚语说的，月光下的狗屎一样引人注目。这就是我们想要他妈的保密的人。伦敦有多少辆定做的宝马 i8 啊？他是把我们给他的每一分钱都要花光……他以为这是游戏啊？你知道，这些家伙本来是后院捡破烂儿的，现在突然发现自己在玩高赌注的扑克游戏了。"马修斯说他不会容忍莱特夫妇的任何胡闹。如果他们不能履行承诺，揭示聪的真相的话，他们会被送上飞机回到澳大利亚蹲监狱。"与我合作的人可以决定这是一个 3000 万美元的错误，划掉就是了。"

他说。我觉得这是令人好奇、透露实情的话，又琢磨他究竟想让我如何使用这些信息。

"你没有问我为什么要做这事。"晚餐快结束时，马修斯说。他费力地要找到一个答案，却没有，有的是更多的问题。他说："在过去三四个月里，我也常常问自己，为什么我会搅到这里面来？为什么克雷格总是回到我身边？为什么他不能从我的生活中消失？他干吗要在2008年给我看聪的白皮书呢？为什么2015年他又被送回来了？我并没有去找他啊。"

*

中本聪其实不是一个人，而是公众赞赏的反映，是技术制造出来的实体，是神话。老式的新闻报道可能会让你知道或完全忽视他，但他是靠着各种隐藏的关系产生的。曾几何时，记者完全是依靠见得着的证据报道，录音、笔记和事实陈述；我也孜孜不倦地收集了，但这个故事挑战纪实报道所依赖的基础。我努力维护那些熟悉的事实标准，并努力寻找新的方法，在这个地下世界里找到真相。这些地下世界的公司会根据自己的既得利益，透露一些事实又掩盖另一些，但感觉虚拟现实的墙似乎始终在挤压我的记事本。硅谷的标准做法是，从送硬面包圈的男孩到研究人员，人人都必须签署保密协议。这是因为每个公司，苹果、微软、谷歌或脸书等等，不仅要赚钱，还要控制自己的形象。如果想写那个不是由公司付钱或制造的世界，一个作家需要有决心。这里倒并没有什么特别不正大光明的：他们先给你一大笔钱，然后要求你签字跟它站在一边。但是，如果你拒绝了这个提议，而他们又没把你立即赶走，你的现实版本最终可能会与他们的版本发生冲突。几个月内，在我为写克雷格·莱特的故事做准备时，这类事发生了好几次。莱特本人从未提及过权利、协议或隐私；只是到了最后，他才要求不要提及关于他私生活的某两个方面。但当我 2 月底要去澳大利亚与莱特的家人和朋友面谈时，nCrypt 的人开始坚持要我签署保密协议。

我永远不会知道为什么他们没有从一开始就要求我签字。我已经自由自在地逛荡了三个月，记笔记、录音、参加会议，并采访每个人。都到了这会儿了，他们又要我签字了。早些时候，麦格雷戈在一封电子邮件中告诉我，他已经建议克雷格和雷蒙娜告诉我"一切"。然后，他又以莱特的名义，操心我会如何使用这些材料。我的理解是，那些东西特别敏感，因为莱特为政府做过安全工作。我回答说，我们会非常谨慎地决定哪些资料可以发表。麦格雷戈仍然想讨论协议问题，我于 3 月 6 日答复说，我必须看到莱特是聪的证据，并且要看到他当着同行和选定的记者的面呈示那些证据。麦格雷戈回答说，整个证明过程正在一步步进行，他不明白我为何不签字。3 月 7 日我再回复，如果没有证据表明莱特是聪，无论我的采访进行得多顺利，我都无法写这个故事。我还在等证据。我写道："我答应了要写，这毫无疑问，但如果我们没有无可辩驳的大量证据，这本书就会化为乌有。"我坚持我不会签署协议，最终麦格雷戈接受了。我们因为这个闹了矛盾，但我确实搞明白了他们的想法，现在依然如此。尽管我拒绝签约，他们在没有协议或法律约束的情况下，依然让我参加了所有的会议，接触到故事的各个方面。而这个故事的节奏正开始加快，接下来的变化，我们谁都没有任何准备。我的故事和 nCrypt 的交易似乎是在同一条轨道上，方向一致且和谐，但我们都没有讨论过，如果交易破裂了，应该怎么办。

证　明

　　我问莱特他小时候学过哪一种武术时，他是这么回答的。"我实际上学了好几样。我学过中国的咏春拳、螳螂拳、短打、醉拳和龙形拳。我也擅长泰拳、跆拳道和千唐流空手道。我是从空手道和忍术开始的。"跟与他有关的大多数事情一样，不能说这些不是真的，只是闻起来有一种自我怀疑的气味，以及他不想隐瞒任何自己好的一面的冲动。这样罗列的事实表达了一种恐惧，也让别人怀疑，虽然也不算谎言。

　　莱特的母亲告诉我说，她儿子从小就有个毛病，总是要在真相上面添油加醋，好使它放大一些。"他十几岁的时候，"她说，"骑着自行车撞到一辆车后，被那车甩出去，撞进旁边停的车的车窗里。这就是他那个伤疤的来源。他姐姐陪他到医院，他告诉医生说他的鼻梁已经断过二十多次，医生说：'你的鼻梁不可能断过。'克雷格说：'我受伤后，都是自己缝伤口。'"他母亲的话跟我注意到的一个行为一致。他描述什么时，总是不必要地，也不应该地，更上一层楼。他似乎总是从事实开始，然后慢慢地，开始夸大他自己的角色，直到整个故事突然变得不堪一击。

　　自从我上次见到马修斯以后，他跟麦格雷戈带莱特一起去了安提瓜，在那里商量好了一个"证明战略"。我坚持不懈地索要证明，雷蒙娜都问了我好几次莱特需要做什么才能向我证明他是聪。在我和麦格雷戈，以及他们雇的公关公司"外部组织"一起开会的时候，麦格雷戈也问过我同样的问题。"这不是向我证明，"我说，"而是证明本身。句号。你需要证明它，并让全世界都看见，然后大家就可以回家了。"nCrypt那些人说，他们一直都打算举办证明会的。在公关公司的帮助下，他们开始组织一系列的活动，旨在把聪逐步公开。最初计划是由伦敦经济学院主办一个讨论会，列举证据和调查结果，但似乎有人向英国《金融时报》通风报信了。时报于3月31日发表了一篇文章。"经过近四个月的沉默，"《金融时报》博主伊莎贝拉·卡敏斯卡写道，"就在比特币社区大多数人都同意了这个故事只是一个精心编造的恶作剧之后，有的媒体和机构私下得知，一个证明莱特即是中本聪的'大揭秘'即将举行。"她的来源显然是内部消息。"莱特将公开演示一个密码学奇迹，从而一劳永逸地证明他的身份。"她写道。麦格雷戈非常生气，从计划里取消了伦敦经济学院的活动。但这些证明计划中的第一个也是最大的一个是让莱特与比特币社区主要成员会面，并当场使用聪的私人密钥。比特币基金会前负责人乔恩·马托尼斯已同意参加。加文·安德烈森也答应了。加文是最受尊敬的比特币核心开发人员之一，从一开始就在。这些证明会议将揭开这个寻找聪的最后一幕。

就在这些会议举行之前，四月份的时候，我问莱特在安提瓜干了什么。"我们讨论了整个公关战略，"他说，"这个证明真相的事真的会发生。"他谈到了马托尼斯和安德烈森。"我们将在接下来的几周内，把他们带来参加证明会议。我想就是这个方式了。我喜欢吗？不，但没人给我选择。就因为去年某人把我暴露了，我现在被左右夹击，走投无路。"他在我面前说得很清楚，他绝不会公开用密钥签字。我们商量好，他会在家里用聪最原始的一个区块的私钥为我签名。他会为我做他要给马托尼斯和安德烈森做的事情，而这就能毋庸置疑地证明他是聪。计划好后，莱特又让我去他的办公室，他要在白黑板上示范一个东西，一个他刚想出来的新的时间加密办法。他想把它添加到专利申请的单子中。我并不总是知道他在说什么，但他在某些领域的专业知识令人惊叹，他把人绕晕的本事也同样令人惊叹。

*

上午 9 点整，我到达他在伦敦南部的家。那天早晨空气特别清新，飞机可以在天空中留下尾迹。我根据停在车道上的宝马认出他的房子，按了电铃。他打开门，科隆香水味扑鼻而来。他的办公室里，有三台电脑七个屏幕。约翰·赫尔的《期权、期货及其他衍生产品》（*Options，Futures and Other derivatives*）扔在一个灰沙发上。一排排的计算机书籍，七台坏的笔记本电脑摞在书架顶上。即使已经认识几个月了，莱特仍然不会闲聊，难以找到容易的话说。我问及他的沙发，又告诉他我肩膀有点痛，他来一句："很好。"他为我准备了一杯茶，然后把我叫到他的主电脑前：这是他向我证明他是聪的时候了。他的态度仍然是稍微有些恼火的样子，因为他必须证明什么。他微笑了一下，指着屏幕。"这是他的钱包，打开的。"他说。我看到一个个有指定地址的交易列表。"创世区块是硬编码的，"他说，"没有相互冲突的创世区块。如果一段程序在这台机器上崩溃了，在另一台机器上重新启动，还会是同一个创世区块。永远如此。"我望着屏幕，又观察他的手指挥着鼠标，脑海里浮现了维基百科里的区块链条目。"区块链是由盖有时间戳的最近有效交易的数据区块组成。每一个区块包含有前一个区块的散列值，因而将区块连接在一起。连接在一起的区块形成一条链，每个新加的区块都会增强它之前的那些区块。"

"它不能被移动或改变？"

"不能。这是原始程序硬编码的。"他说。

他屏幕上的所有东西都有时间戳。我在看 2009 年 1 月初的交易，"1 月 3 日，我被会计师事务所正式解雇。"他说。他告诉我，他去了他在麦格理港的住房，安顿下来，为比特币软件的启动和运行做最后工作。"最初的定义于 2008 年由中本聪发表，并在 2009 年发表的比特币原始源代码中实现。"维基百科的条目如是说。当他给我解释眼前的内容时，他按顺序点击了比特币数据库的一系列交易。他看的是最早期的，每个都包括日期、比特币数量和地址。一长串交易显示小数额的钱不断进入聪的钱包。他说："很多人给我送一点点钱。他们太看重聪了，看重到想烧掉自己的钢镚儿。"

"就是说粉丝们给这个已知的地址送小钱？这是第一个产生的、第一个众所周知的地址？"

"对啊。他们希望我做点什么，比如自曝身份。"

那个地址是 12c6DSiU4Rq3P4ZxziKxzrL5LmMBrzjrJX。我可以看到有人给聪留言，在"公共留言"里："嘿聪，改变一下我的生活，送我一些比特币！""上帝保佑你，中国。""如果你正在阅读，请花点时间记住十二年前的今天在世贸中心被袭击时死去的人。""比特币区块链可以作为任何新闻的可信任的时间戳。"维基百科说。

如果上溯到与这个地址关联的第一笔交易，你会看到这就是记录在案的第一笔比特币交易：50 个比特币，还没有用过。任何人都可以把这个比特币地址输入到搜索引擎中，检查与之相关的交易历史。"创世区块是 2009 年 1 月 3 日硬编码的，"莱特对我说，"是程序第一次运转。没有更早的区块了。"（在"以前的区块"标题下，有一行 74 个零）。"程序修改过了，"他继续说，"并开始运行。从硬编码的创世区块产生的第一个地址，即第一个挖比特币的地址，就是我现在用来给你发送信息的。"他在用最初的密钥给我签名，感觉像他在把糖块扔进我的茶里。他打出"我在这里，安德鲁"后，手指停下来。"这就会给咱们那个小区块。"他说，然后核实了签名。穿着蓝格子衬衫的他看起来很温顺，听之任之的样子。"欢迎来到我希望埋葬的坑儿。"他说。他仰靠在椅子上，我注意到桌旁摆着一把武士刀。

我跟他握了握手。然后，我盯着屏幕，心想，把这个秘密藏了七年，终于水落石出的时候，却感觉不到任何解脱，这该是多么奇怪的生活体验。也许他感觉从来就不像一个专业秘密，而是自身的一部分，而现在他必须放弃。"我想要你用给外行的话，"我说，"解释一下你刚刚做了什么。"

"我刚刚用第一个挖比特币的地址，数码签署了一条信息。"

如果他做了他似乎在做的、他说他在做的事情，那么他宣称自己是中本聪就非常令人信服。突然间，堆积成山的各种各样的不可能性和假证据似乎都变得不足为道，反对意见比他就是发明了比特币方法的那个著名神秘人士的假设更难以置信。如果还有另一个聪的话，他将不得不分享所有积攒的密码，并把他"现实世界"的时间表调到与莱特同步，这样才能和莱特同在，跟他的电子邮件和专业知识一致。这不仅仅是莱特在正确的时间里在正确的地点上，他是在唯一的时间里唯一的地点上，这个时间不仅印在区块链上，而且刻了他与别人的邮件通讯以及周围人的经历之中。他仰坐在黑色的大椅子上，问我要不要再加点茶。"我也可能是在和聪合作，我猜，"他说，"他告诉我，他此时要发邮件了，我也把所有的机器都准备好了，然后从他那里接手。但那样的话，我还是变成聪了。"他盯着那一排屏幕，似乎在怀念那个更幽灵般的自我。我问他是否压力挺大的。

"我不在乎，爱怎么着怎么着。"他说。当然，他非常在乎，他做最多的事就是"在乎"。整个过程中，他都非常躁动不安，主要是因

秘密生活　　131

为，我猜，一个资深的密码朋克不得不屈从于权威的尴尬。当他靠在椅子上时，他并不满意，甚至有些恼火，已经开始帮他的反对者找理由了。"他们会说我杀了聪并偷走了钥匙。有钥匙也不能证明我创造了这些钥匙。也许这是一个合作，我、戴夫、哈尔，还有谁谁。也许我黑客了哈尔的机器并偷走了一切，而他的家人都不知道。也许，也许，他妈的也许。全是胡说八道。那些人不相信奥卡姆剃刀①。我见识过 Reddit 论坛。他们想要最错综复杂的解释。但他们爱说什么说什么，我没有什么需要证明的了。"

创世区块中嵌入了一条信息，是 2009 年 1 月 3 日，这个区块被开采那天的《泰晤士报》的标题是"总理即将第二次救助银行"。我后来问莱特他为什么选择这个特定的标题。"你知道的，我是非常反对中心／储备银行的，"他写信给我说，"我把它们看作所有这些问题、泡沫以及崩溃的真正原因。但那个日期作为时间戳很重要。这意味着我不可能'预先采矿'，欺骗这个系统。程序的第一次循环是在 2009 年 1 月 9 日完成的。开始运行是在那个星期的晚些时候，我当时在麦格理的农场。就是说我不可能已经提前挖了几个月，并收集了一整套预先解决了的散列值来欺骗这个系统。我有五十多台机器一起运行，所以头条新闻是一个标记。"②

---

① "奥卡姆剃刀"是由 14 世纪逻辑学家、圣方济各会修士奥卡姆的威廉（William of Occam）提出的一个定律。这个定律为"如无必要，勿增实体"。该定律的出发点是，如果你有两个原理，它们都能解释观测到的事实，那么你应该使用简单的那个，直到发现更多的证据。

② 2008 年前后，莱特在诺斯姆布里亚大学攻读法律学位，并一直阅读英文报纸。"从大学给我的雅典登录，"他说，"我就可以免费上网阅读《泰晤士报》了。"这可能是莱特那些不必要小谎的一个很好的例子：2010 年 7 月之前，网上阅读《泰晤士报》是免费的。

一个关于计算机科学的故事里的证明问题是不会有答案的。如果无法验证数学公式，你怎么能肯定呢？为这个故事准备资料时，我给普林斯顿和斯坦福的四个加密货币专家写了信，并给了他们几篇莱特的论文。这些人即将合作出版一本关于比特币和区块链技术的教科书。他们对谁是中本聪、谁不是的问题也非常着迷，但他们的举止就像游客进了玩具屋：满目都是哈哈镜，还能听见遥远的笑声和怪异的歌乐。有的人确实希望看到证据，但又不希望被人知道自己回应了，我没有收到任何回音。这就是竞争激烈的计算机科学领域里的、尚未完全成人化的创新发明世界的基本态度。

还有一点：当这些人要表达一个观点时，他们经常想要把持有不同观点的人也毁掉。如果就因为你要独立思考，人们就不断地殴打你痛恨你，变得偏执也是顺理成章了。总之，极客文化是极其刻薄不宽容的，甚至对我们其他人来说微不足道的问题，比如谁会扮演美国队长 ① 的新欢，都能越吵越凶，很快落入死亡威胁之中。在密码学的世界里，这已经成为发明和进步的障碍：软件开发人员每天都在互联网上被绑起来、被马拖着跑、最后大卸八块，内心必须非常强大才能对付 ②。比特币该怎么发展的问题被不同意见闹得四分五裂。聪失踪之后，更缺乏一个中心权威来引导讨论或使大家心平气和。不知不觉地，任务落在了加文·安德烈森身上。安德烈森是普林斯顿大学毕业的，曾在硅谷工作。他只是慢慢地接受了比特币首席核心开发人员这个角色。这不是官职，他似乎没有得到任何感谢，却得忍受所有的批评。但一般认为，他是比特币世界里头脑最清楚的思想家。一位知情

---

① 美国队长即指美国漫威漫画及电影里的那个超级英雄。
② 这里用的类比是旧时代英国对叛国罪的标准酷刑。

人士表示，很少有人意识到安德烈森的经历充满讽刺意味。"传言说，聪在 2011 年退休前把火把传给了加文，"他说，"实际上是聪把火把扔给加文拿着，自己赶紧跑了。"

在这几个月里，我时不时就会琢磨，聪的真实身份是否将遵循一种残酷的后现代方式，永远不可能被完全确定？即使莱特可以出具每一个证明自己的基本元素，但不知何故就是不能够完全证明？匿名，或至少是假名，是密码学世界不可或缺的部分。我的任务，也是麦格雷戈和马修斯、核心开发人员和新闻界的任务，是找到真相。任何"暴露"这些秘密人物的故事，都得应付他们对受摆布、被发现的本能反感，莱特就是一个绝佳的例子。

*

安德烈森在比特币早期就和聪有联系，应该会有他们对话的记录。他大概也能问莱特一些只有聪可以回答的问题。12 月份《连线》发表了莱特可能是中本聪的报道后，安德烈森告诉该杂志，他从未听说过克雷格·莱特。但他从四月初起与莱特交换了电子邮件后，开始相信他。有一次，莱特送他两封电子邮件，一封是用克雷格·莱特自己的口吻写的，另一封是基本上相同的内容，但用聪的风格写的。他们讨论了数学、比特币历史以及它面临的问题。一周后，安德烈森已经足够信服，坐飞机到了伦敦，来目睹莱特用聪的原始密钥签署给他的信息。

同时，我也开始与安德烈森谈话。他告诉我，他上飞机前写过一封邮件给莱特，要求知道更多一点他的背景，以及他对 2016 年比特币状况的想法。"他回了一封相当长的邮件，"安德烈森告诉我说，"关于比特币的状况，为什么他现在决定公开他的秘密，还附加了几篇正在写的科研文章。这封电子邮件'听起来像'跟我合作过的聪，文章的学术气和偏重数学的风格也一致。"

安德烈森连夜飞过大西洋，于4月7日上午11点到达考文特花园酒店，住进自己的房间，他的航班和房间都是nCrypt订的。才睡了两个小时左右，麦格雷戈和马修斯就来了。"他们给了我很多背景信息并解释了他们的介入。"安德烈森告诉我。莱特到酒店后，安德烈森觉得跟他谈话很容易，"虽然因为时差，"他写道，"有一刻我不得不阻止他把关于比特币技术里区块如何验证的数学证明摆出来。"

马修斯在地下室预定了一间会议室。麦格雷戈能看出来，莱特走进房间时，颇有些激动。"他知道这就是孤注一掷的时刻，"麦格雷戈对我说，"向你我证明自己是谁是一码事，但比特币社区完全是另一码事。他知道他们会相信加文。他知道这是孤注一掷的时刻了。他知道，跟加文交谈并向他展示密钥之后，就不会再有任何说得过去的反对意见了。"地下室会议正式开始之前，安德烈森跟麦格雷戈说，莱特在交流的电子邮件中用的一些短语，他觉得很"熟悉"；他听起来就像他以前接触过的聪。这些话他也跟我说过。安德烈森问了麦格雷戈和马修斯几个关于nCrypt将来会如何利用这个信息的问题。他们没有谈及公司业务计划的细节，但谈到了比特币的未来和其他应用区块链的项目。莱特和安德烈森马上开始在纸上涂涂画画。莱特用他的大笔记本电脑显示可以打开某些地址。这是一个从很多方面来说都不寻常的情景，最主要的一个也许是安德烈森当年放弃高薪机会，免费为比特币项目工作，而此时他可能即将见到他的偶像了。但他专心于问实际的问题。他问莱特有关信托基金的情况，他持有的比特币，他都用来做了些什么事。麦格雷戈后来告诉我说，马修斯告诉他莱特是聪之后，他的第一个问题是："那他怎么没躺在某个岛上，身边堆满了黄金？"

莱特变得相当轻松。他解释了维持自己公司运作，支付研究和产品开发，以及超级计算机的花销。到晚上 5 点半左右，他才终于在他的笔记本电脑上登录，为安德烈森演示在他家办公室里为我做过的事，用密钥签名信息并验证。安德烈森目睹莱特刚刚使用了聪的密钥。那一刻，房间里有的人觉得安德烈森的肢体语言都变了，他似乎对眼前的情景有些敬畏。他伸手拿过来他的包，掏出一个全新的 USB 棒，并把包装去掉。他又拿出自己的笔记本电脑。"我需要在我的电脑上测试一遍。"他说。又补充道，他是相信了，但如果别人问他，他必须能够回答他独立测试过。他指着莱特的笔记本电脑说，那或许是预装的，虽然他知道，那不太可能。但他必须用自己的电脑测试，然后一切就结束了。他说密钥可以在他的笔记本电脑上使用，然后存到记忆棒上，由莱特收下。但为了他自己心安，也是负责任，保证没有机会作假，他必须看到密钥在不是莱特自己的电脑上使用。

莱特突然变得迟疑不决。他刚刚用聪的账号给安德烈森签署了一个信息，他说，而且已经证明了他完全熟悉的他们之间的通信，但在他的脑子里，安德烈森现在要求的是完全不同的东西。"我发过誓，"莱特告诉我，"永远不公开展示密钥，永远不放弃它。我信任安德烈森，但我做不到这个。"莱特从桌子边走开，开始来回踱步。他显然以为不需要这样做，就能通过证明会。事实上，几个月来，他在我面前说过多次，他永远不会把密钥交给任何人或允许复制或在别人的机器上使用。"我不想在一系列机器上系统地证明密钥。"他在一封给我的电子邮件中写道。对他而言，这无异于把聪给了别人，或稀释了他自己宣称的与聪的联系。他走到房间角落的一把椅子坐下，抬起头来看着安德烈森。"也许你我应该再多熟悉熟悉。"他说。

安德烈森只是点头表示同意。"比如交换更多的邮件，"莱特说，"我还可以给你签署更多的信息。"

此时，马修斯的血一下子就凉了。"这是我多年来唯一一次想：'我的天啊，他一直在糊弄我们吗？'"麦格雷戈也感到这是一个危急关头。他瞥了马修斯一眼。他决不能让安德烈森把这个作为尾声带上飞机。他们都觉得莱特的行为太荒唐了：他已经证明了他是聪，只需要在加文的笔记本电脑上再重复一次，故事就结束了。但莱特后来跟我说话的口吻显示，他那密码朋克的怀疑心又抬头了：万一加文是个内应呢？万一整个事情就是一个阴谋，是来抢他的中本聪密钥，然后剥削他或淘汰他？莱特告诉我说，他觉得自己被要挟了，而且，由于某种原因，他不可能失去了这个东西还依然故我。

事后安德烈森倒是比较正面。"证据会议比预期的要长。"他告诉我，"我坚持认为，验证必须在我确信没有动过手脚的计算机上进行。而他们，就是莱特、马修斯和麦格雷戈，则坚持签署的信息绝不能碰可能做过手脚的计算机（风险就在于，证明可能在正式宣布之前被泄露出去）。于是我们等了一会，一个助手去了一家电脑商店，买来一台全新的笔记本电脑。"这个主意是麦格雷戈的。他说房间里的气氛紧张到难以置信。莱特会拒绝做这件能保证他的使命成功的事。他没有预料到，安德烈森不会盲目相信莱特的硬件，莱特也不会盲目相信安德烈森的。解决方案必须是一个新开箱的电脑。麦格雷戈给他的助手打电话，把任务交给了她。"这就是你得'1'的任务。"他告诉她（在他的公司里，工作人员能够得到的最佳年终评审就是1）。这时候已经是周五下午快6点了，考文特花园需要一台全新的笔记本电脑。

助手买到一台，然后从牛津广场地铁站赶回酒店。

从盒子里拿出新的笔记本电脑，又花了一些时间连接到酒店的WiFi并加载基本软件。"在那段时间里，"安德烈森告诉我说，"都到这地步了，克雷格显然还真心希望他的秘密身份能保持秘密。对他而言，演示密码学证明在感情上非常困难。"

"气氛非常凝重，还有几声喊叫。一整天不时就能听见一句'房间里的邪恶商人'，"麦格雷戈说，"他几乎就要指责加文有一个键盘记录器，但他当然还不会这么做。他说他有信任危机，他受了那么多攻击，而且已经这么久了，今天他过不了这坎儿，但他们应该继续交流。加文也答应了。但我们想的是：'不，不，不。'我记得我说的话。我说：'你看啊，克雷格，你就是独处太久了。加文把他生活的很大一部分都投入到了你的发明中。我认为他有权看到这个。他是你还没有过的朋友。斯蒂芬和我不能为你担任这个角色；雷蒙娜也不能。只有他才真正理解你一直在努力做什么。'"

长时间的沉默。麦格雷戈说："他处于崩溃的边缘了。"马修斯基本上是屏住呼吸。他不想大声说话，就给麦格雷戈发短信。短信说："让他给雷蒙娜打电话。"麦格雷戈离开房间时，莱特给他的妻子打了电话，她说："做吧。"每个人都屏住呼吸，莱特用新的笔记本电脑打开了聪的钱包，并向安德烈森发签名信息。失败。不能被验证。他试了一遍又一遍，都不行，直到安德烈森发现莱特没有像他试图验证的原始签名那样，在信息结尾敲入CSW。当他把CSW加在给加文的邮件末尾，邮件说"已验证"。莱特在一台全新的笔记本电脑上证明了他握有聪的私钥。他们站起来握手。加文感谢他所做的一切。莱特的眼里含着泪。"他的嗓子都哑了，"麦格雷戈告诉我，"加文可以看出他正经历着什么情感风暴。"麦格雷戈和马修斯两人后来都说，莱特被这个过程搞得五内俱焚。"我可不想把他往出租车里一塞了之。"麦格雷戈说。安德烈森也筋疲力尽，去买了些炸鱼薯条吃，然后就上床睡觉了。麦格雷戈告诉我："克雷格完全崩溃了。他说他以为永远不必被迫做这事。他说他从来就不知道如何相信别人。"莱特、马修斯和麦格雷戈出去找了一瓶酒。"他半正式地为他的行为道了歉，"麦格雷戈告诉我，"但我当时突然明白了，整件事情对他有多困难。"

　　我问安德烈森，结束聪的神秘是否会对这个技术的发展有好处，他不太肯定。他说："一方面，有了神秘的创始人就有了一个伟大的创世神话。人们喜欢创世神话。知道了真相可能会使比特币变得乏味。另一方面呢，钱本来就该是很乏味的、'管用'的东西，大多数人并不知道它是如何工作的。我很高兴看到克雷格可以使比特币比今天应用得更好。"我后来跟乔恩·马托尼斯会面，他也参与了一个单独与莱特进行的证据会议。他同样印象深刻，并如释重负。他也相信对聪的寻找已经结束，并期待与莱特合作，研究他的专利和新的区块链想法。我们在诺丁山午餐时，马托尼斯表示，这项技术将改变世界。另一个科学家对我说："这不是比特币2.0。这是一个宏伟的事业，将会改变我们是谁。这是生命2.0。"马托尼斯也同意。

　　现在的计划是，把收集在一起的论文、两个比特币专家的证词、密钥的使用，以及针对每一个对莱特的质疑的翔实、引经据典的答复，都作为"证明"，在某一天内推销给内定的一些新闻界人士。我告诉麦格雷戈和马修斯说，我不想成为首先发表这个故事的人。我想旁观新闻界的采访和证明会议，并把报道以及对报道的反馈都写进我的故事里。

　　进入证明阶段后，莱特开始消失。他从一个明明白白知道自己是谁的人变成了一个模模糊糊的屏幕。他会不分时间地给我发电子邮件，里面充满焦虑。他似乎正在失控。然而，我们都继续往前冲，奔向一个终点。对他而言，那个终点似乎更是一个终结，远远超出他的期望或承受能力。他答应参与，现在不得不面对相机和灯光的正面袭击。我曾问过他是否喜欢躲在网上，他说是的，那里就是他的家。好的时候，那里是灵魂济济一堂的明亮之地，但换一个坏日子，却是最终的黑暗，痛苦横陈。我开始相信，在过去的这一年，莱特是在那片平原上为自己的灵魂而战，就像埃涅阿斯，把船队留在身后，面前只有地狱，必须立即下到地府去面对自己的父亲。莱特曾毫不犹豫地告诉我，他的一生就是试图向父亲证明自己。凌晨时分，他看起来像一个幻想太多的孩子。他幻想的并非他是聪。他可能就是聪。他幻想的是他可以像聪一样生活，一个在伟人之中占据一席之地的男人，从而忘记那个因为输棋而挨揍的小男孩。像埃涅阿斯一样，他知道他的旅程既是机会，更是折磨，虽然，也像埃涅阿斯一样，这是他想要的，但却发现整个旅程越来越不堪忍受。谢默斯·希尼翻译的《埃涅阿斯纪》第六部里面，"进入阿维尔努斯很容易，"女先知告诉埃涅阿斯说：

> 死亡的黑暗之门日夜开放。
> 但能原路退出，回到大气之中，
> 那就是难题，那就是挑战。
> 只有少数人成功了，神的儿子
> 靠宙斯之宠；或英雄获得荣耀，
> 凭自身的能耐。

揭　秘

　　到我与克雷格·莱特合作的最后几个星期，我对那两个掌管金钱的人的态度有些模棱两可，大概因为我喜欢他们。虽然我想保留作为记者的怀疑态度，洁身自好，离游行队伍远一点，但我希望聪现身过程顺利的愿望已经开始影响我的判断。我还算是明智地拒绝了世界独家报道权。我仍然想要我还没有得到的那些资料；我也相信，世界会对真正的佳肴有胃口。互联网擅长齐心合力地收集事实，并印证故事的准确性，我一直觉得这应该是很重要的。但同时，我不得不挣扎着为我的疑心输送氧气。nCrypt 的大男孩们说，他们理解，但他们真的理解吗？万一莱特无法向世界证明他就是他所说的那个人怎么办？他们似乎并没有备选方案。人们一开始时会说"不避短和盘托出"，到头来又说"我不存在，也许你不应该提到我"。此时与麦格雷戈的一次谈话中，我答应考虑在故事中给他一个虚构的名字。我这样说是因为他似乎很焦虑，也因为，正如我当时告诉他的，是他把这个故事带给了我，我不希望他受到伤害。但是这种可能性取决于莱特是聪已被证明。我们关于是否使用真实姓名的讨论没有定论。在稍后的伯纳斯酒馆里的会议上，马修斯建议，我先用他们的真名，过后再做决定。但这个决定最终是由故事的结局做出的。那些穿黑衣的人似乎对此没有任何准备。他们相信只有一件大事即将发生：克雷格·莱特将作为中本聪，那个数码时代的神秘人物现身，而证据将是"压倒性的"充分。在筹备揭秘的最后一周里，我发现我的独立性继续下滑。我无疑觉得自己是团队的一员。我也想讨好麦格雷戈：喜欢讨好人是我做人的一大缺陷，却是我做记者的一大优点。但我本来可以告诉他，迄今为止，我的工作可能还只能算实地调查。在最后结果出来之前，我并不知道这个故事会如何结尾。只有公关故事才预先有答案。

私下里，莱特仍然说他不会"钻圈圈"，但是我又发现他让做什么就做什么。就在要与媒体见面的几天前的一个晚上，我和他坐在希腊街上的"马与马车"餐馆里。他告诉我，公关公司问过他要不要上电视，他说让他坐到电视摄像机前，是绝不可能发生的事。然而这一切却都发生了。我提到，当我第一次见到麦格雷戈的时候，他说过，最终一切会以聪在 TED 演讲中揭秘而结束。

"罗布张口不离'最终'。"莱特回答。

"但'最终'是什么意思？"我问。

"原来的意思是'如果你现身'。"克雷格说。

在麦格雷戈的要求下，公关小组与一些记者取得了联系。BBC、《经济学人》和 GQ 杂志都感兴趣。GQ 居然也在里面，从一开始就让莱特恼火（他认为自己是学者），但名为"外部组织"的公关公司跟那里有点关系，他们的创始人是特约编辑，并说该杂志会喜欢这个故事。但公关人员是否向编辑们解释过幕后是谁？这个揭秘聪的项目是谁支付的费用？我后来通过电子邮件问他们，其中一人回答说："一个独立公司指示我们代表某个人的情况并不少见。我们跟 GQ 其他记者的谈话是关于所提议的故事。"

我再次写信问他。"但你有没有告诉他们，"我写道，"揭秘聪是应一个营利公司的要求？"他没有回答。

所有的记者都签署了保密协议和不许提前发表的禁令。在莱特向他们演示了他能用聪的密钥之后，每个人可以与莱特有一个简短的采访。这些会议将于 4 月 24 日星期一和 4 月 25 日星期二在托特纳姆法院路的公关公司办公室里举行。我觉得这样安排有点怪。莱特当然比较难缠，但这公关策略也是不可思议的老套。密码学领域人人皆知，莱特只需要从聪的著名地址发一个电子邮件，告诉大家他将用聪的密钥签署一个信息，在网上进行并从最早的一个区块里挪动一个比特币，整个互联网就会像康尼岛一样，为世博会点亮。向这些记者零零星星地透露"证明"虽然令人信服却不合时宜。我想他们是试图把这个故事从聒噪的密码学世界转移到正统的媒体上，但安全意识也太过头了。莱特当然无法应付一个庆祝活动，但对这些记者的过分管理恐怕只会带出更多疑问，而不是答案。我只是一个观察者，当时就为莱特捏一把汗。我虽然相信他，但却清楚地感到还缺点儿什么，有什么地方不对劲儿。

我走进托特纳姆法院路的星巴克时，莱特、雷蒙娜和马修斯已经在那里了。莱特有点闷闷不乐。已经决定了，除了示范，记者们还会拿到一个记忆棒带走，那上面有聪签署的信息。（莱特后来告诉我，他放的是假东西。他们反正看不懂，但跟聪的密钥也没有任何关系）。马修斯穿得很漂亮，还戴着墨镜，莱特打了条金领带，商务套装。雷蒙娜坐在他身边，揉他的耳朵。"如果楼上的人太麻烦，就跟我说。"马修斯说。他是指公关人员。"有时他们会忘记自己的角色。"我发现马修斯像平常一样可爱并且容易交谈，但他似乎没有意识到，他的谈吐方式和我们周围的马戏团般的操纵有多不一样。

BBC 的科技记者罗里·凯兰-琼斯、他的制作人普里亚·帕特尔和 BBC 新闻网站的科技记者马克·沃德被带入一个会议室。莱特坐在笔记本电脑前，几乎没有抬头，墙上的一面屏幕显示出他在看什么。马托尼斯在房间里，马修斯也在。雷蒙娜已经上楼了。凯兰-琼斯非常体面、专业，准备好要深究这个故事。他似乎感觉到一种紧张气氛，莱特已经表现得好像被问问题是极其耻辱似的，提问者充满敌意。但凯兰-琼斯并没有敌意；事实上，他事先已多少有些信服了，只是在为外行捕捉故事。

"最初我问自己，我需要看到哪些证据才能确定自称聪的人就是聪，"马托尼斯说，"你可以把它分解成三个方面的证据：密码学、社会背景和技术内容。显然，社会和技术方面会更主观一些……在密码学方面，我会解释我亲自见证的东西，给克雷格今天早上将要示范的内容，做个引子。"

然后，他给出了密码学证明的更多细节。"创世区块是第零块，"马托尼斯说，"你不能花掉这条链上的任何一块。这就意味着随后那些（可以花掉的）区块都属于比特币的创造者。"

"这些区块叫什么？"凯兰-琼斯问道。

"按顺序，它们被称为第一块，第二块，等等。今天早上，克雷格会演示用第一到第九块签字。我目睹了他签署第一和第九块，但这不会是比特币的转让，只涉及签署一个信息，他会用私钥签，然后将被公钥验证。我们清楚了吗？"

最后，莱特请凯兰-琼斯给他发一条信息。"嗯。'嗨，送给BBC的历史性消息。'"莱特打出了信息，并补充了一些评论，"这个信息将被确认，但如果我改变其中一个数字，就不能被确认。"莱特一边用第九块签字一边说。

"这是我们唯一知道的绝对是聪的密钥，因为与哈尔·芬尼交易时使用过，所以它是明确拥有的。"马托尼斯补充说。

"所以，"凯兰-琼斯说，"这只是为了理顺我自己的思路。我们目睹了克雷格使用已知与哈尔·芬尼交易时使用过的私钥。我们目睹了它被公钥验证。"

"对。"克雷格说。然后，他又用第一个挖出来的比特币密钥签名。

"出于好奇，"凯兰-琼斯说，"你有多少比特币？"

"那就说得太多了。"莱特说。

"你还挖比特币吗？"

"还挖着玩。"

接下来，莱特开始赞扬萨特拒绝诺贝尔奖的声明。他计划用散列函数，也就是将信息变成一组独特的字母和数字，把萨特的著名演讲加密到第九块上，然后在自己的博客上公开验证。"他放弃了诺奖，"莱特说，"因为'如果我接受它，我就变成了那个机构'，我从来就不想让克雷格·莱特以聪的名义签字，"他继续说，"我现在这么干了不是因为我想干，而是因为我无法拒绝。因为我有员工，我有家庭。这就是我，我不会否认，因为那不是事实。所以我选择用萨特的声明来签名，因为这不是我的选择，我并没有选择现身，我是被推出来的。"

"从哪种意义上讲，你是被迫的？"凯兰-琼斯合情合理地问道。

莱特说："有人污蔑我。"但事实并非如此，他被迫不是因为人们说了什么。他感到被逼或被迫出来，是因为他已与nCrypt在2015年6月签署了一个交易。当凯兰-琼斯问他为什么以前没有暴露过自己时，他接着撒谎。"我喜欢参加会议，发表论文。"他说，"我现在做不到了。我再也不能仅仅是克雷格了。"

他被问及是否想成为比特币的公共面孔。

"我不想成为任何事情的公共面孔。"他停了停，低下头。然后说他的博客将解释一切，帮助人们下载资料，并弄懂密钥如何工作。

"什么时候发表？"凯兰-琼斯问道。

"星期一或星期二。"

"有人会想方设法地证明情况并非如此。你有把握你的盔甲无懈可击吗？"

"他们会说我偷了钥匙，我把聪扔沟里埋了，他们什么都会说。"

BBC 计划在第二天带着摄像机回来。接下来是《经济学人》来的路德维希·西格勒。他身穿灰色西装，没有像凯兰-琼斯那样马上就显得友好，但他的问题非常细致。可以看出他对这个公关操纵的揭秘聪的方式不太舒服。莱特用第九块的私钥为西格勒签了一条信息，并且由计算机进行密钥验证。"很抱歉，"西格勒说，"但我还是有点不清楚这证明了什么。"

"证明我有私钥，"莱特说，"所有原始的私钥。"

"好吧，那么，我的读者要问的第一个问题是：'为什么现在出来？'"

莱特没有犹豫。他的媒体培训派上用场了。"我很想躲开媒体，"他说，"但这开始影响其他人。我是宁愿安安静静过日子。为什么现在呢？因为我有员工，我有家庭……还有那些含沙射影的讽刺，那些谎言。"我采访的几个月里，他从来没有向我暗示过他要出来是由于媒体误导。不过，当他对这些记者这么讲时，我也能接受，想象他可能已经意识到，税务局的压力才是他生活中的真正压力，把他逼出来的原因。我稍后说给 nCrypt 的人听，他们也同意。

"为什么要隐藏自己的身份？"西格勒问道。

"我不想成为公共人物，"莱特说，"我希望人们别听克雷格·莱特的话。他们要看事实，而不是根据聪说什么来做决定。"

那天下午，我去赴另一个约会，而莱特则去了帕森斯格林为 GQ 拍照片。第二天早上，再次在星巴克见面时，马修斯笑话了整个摄影行业，并嘲笑该杂志原来的想法：一张照片上戴着面具，另一张照片上撕掉面具。马修斯描述了与杂志的资深组稿编辑斯图尔特·麦格克采访中发生的事情。"其实进行得不错，"莱特告诉我，"那个记者很好，但他带来了一个'专家'，整个一傻帽。"

他们说的这人是密码学方面的大学讲师。麦格克带他来帮助验证种种说法。"太搞笑了，"马修斯说，"克雷格把那人踢出去了。"

一个见证人说，他咄咄逼人地质疑莱特对公钥和私钥的理解。"有阵子几乎凑到了眼前。"

"他告诉我他比我更合格，"莱特说，"这是一个不错的采访，但这人整个一白痴，我让他滚出去。"马托尼斯也在，说现场非常激烈。我不太肯定这样应对异议者或反对者是否明智，即使那些人可能错了，但莱特因此而大受喝彩。我也必须表明，我觉得只告诉记者一半故事是错的，让他们误解他突然以聪的身份现身的真正原因。

*

第二天 BBC 回来了。莱特比前一天更恼火，更不合作，因为摄像人员在那里。他觉得自己做得已经比他想要做的多太多了，也这么说了，当然主要是低声嘟囔。摄像师摆好机位，凯兰-琼斯站好位置。"那么，你是谁呢？你打算告诉我什么？"他问。

"我叫克雷格·莱特，我正要用与比特币历史上的第一笔交易相关的密钥来签署一条信息。这是与哈尔·芬尼做的 10 个比特币的交易。"

"是谁做的这第一笔交易？"

"是我。"

"谁的名字和那个交易连在一起？"

"绰号是中本聪。"

"所以你要告诉我说，中本聪就是你吗？"克雷格一时看起来有点迷惑，犹豫了一下。

"是的。"他说。

"你确信这能够证明你是聪吗？"

"这证明我有密钥……我们即将发表的其他资料将有助于证明……有的人会相信，有的人不会。说实话，我真的不在乎。"

"但你可以把手放在心上，说我是中本聪？"

"我是它的主要部分吧。其他人也有贡献。最终，如果没有戴夫·克莱曼，没有哈尔·芬尼，没有后来接手的人，比如加文和迈克，这些都不会发生。"

"这会对你的生活产生巨大影响吗？"

"很不幸，会的。"

就在那几分钟之内，莱特身上发生了一些变化。我也不知道该怎么形容，因为这些关于聪的直接问题，他失去了对自我的把握，他明显地变得不自在了。他说他要强调一点，就是希望人们不要向他寻求答案。

凯兰-琼斯说："把这点留到楼上再说。"

"楼上？"

"我们打算在楼上拍一个直接面谈，没有电脑。"莱特咕噜了句什么，紧盯着自己电脑的深处，好像想逃进去，再也不出来。他说："我只想把基点定在电脑上。"

女制作人插话了。"因为我们还没有在摄像机上拍那个问题呢。"她说。

公关人员走过来，脸有点泛红。"我们可以在楼上完成那个问题吗？"他问，"我们到楼上去拍'为什么现在出来'的问题吧？然后就结束了？"

"你知道吗，我根本就不看电视。"莱特说。

BBC离开房间，去找一个适合"坐下来谈"的采访地点。莱特向我抱怨说他被呼来唤去的。他对公关说："我只是不想要一个大大的脸部特写。我更喜欢藏在屏幕后面一点点……我也不是反对，只要我可以藏在屏幕后面。"公关说，他不需要做任何他不想做的事情。

"我只负责回答一个问题。"莱特说。公关人员离开房间，剩下我和他。

"像那样直接被问'你是聪吗'是不是完全违背你的本性？"

"是。"

"是一个很粗鲁的问题吗？"

"这个问题重要吗，除非你需要树一个人来攻击、来神化？我的意思是，去他妈的理由。我会去做。去他妈的。我满可以说'请相信我'来含混过关。但这不仅仅荒谬，还是那个风景中正在熔化的钟。"① 这时，门开了，公关顾问走进来。

"克雷格，"他说，"我们已经向BBC解释了，你宁愿留在这下面，但他们都说你只需要做这最后一件事了……"

克雷格开始颤抖，他把椅子往后推。"不！不！不！"脸色苍白。"你看见这个门了，"他说，"我不想再听见一个字。就在这儿。我说了算。"然后他走了出去，砰的一声关上了门，把我和公关老板留在房间里。

"我们只是在做分内的工作。"他说，耸了耸肩。莱特一秒钟后又回来了，麦克风拖在身后。

---

① 指萨尔瓦多·达利的名画《记忆的永恒》。

"我说了算，否则我就不回来。好吧？我不是为了他妈的公关的东西做这事，我不会为任何人做这事。我不在乎别人说什么，我宁可不做。再说一个字，我就永远也不回这里了。绝不夸张。我就再也不进这个办公室了。永远不回电子邮件了，一辈子也不会和另一个公关人员说话了……听明白了？"

"好吧。"老板说。

"谢谢。"

他出去了，又剩下我和莱特在一起。"他们这是在逼我了，"他说，"我已经走得比我想走的远多了：我都在做电视节目了。总是'咱们稍微再进一点点，稍微再进一点点'。'滚开'就俩字，哪一点他们听不懂啊？"

我问他克莱曼是否会处理得更好。"会比我好，"他说，"但他也会告诉他们滚蛋了，只不过用更好的方式。哈尔会做得更好。"

"你觉得他们在上面谈论什么？"我问。

"说我不想钻他妈的他们那些狗圈套呗。这个人信誉上有很大的缺陷，他必须克服；我很愿意相信他是聪，但是……"

BBC回到楼下来问他们的"那一个问题"，当然了，凯兰-琼斯问了不止一个。莱特处在恐慌和敌意的情绪中，需要替罪羊，但公关不够资格，马修斯又算是老板。所以他就抓住BBC当替罪羊。他们一离开房间，他就说他们是骗子，已经违背了跟他的"契约"。他说："我这辈子再也不要做电视采访了。绝不。"一面听他唠叨，我一面想象他怎么对付福克斯新闻或罗威纳恶犬般的采访者。"整件事情就是为了暴露我不是什么。"他说。

"这实际上是一个非常温和的采访啦，克雷格，"我说，"你不能责怪他们来了，并要求证明。"

"你是指证明还是证据啊？你在混淆两者。两者是不同的。这就是我要说的问题。我给了他们证明，他们还想要更多。"

莱特很乐意给你日夜讲授算法，却不肯透露助其发明比特币的其他人，而且常常拿不出聪的"足迹"的真实证据来。我越琢磨越觉得，就他的情形，用"足迹"来类比有什么地方不对劲儿，因为如果聪是一个人，他就只会有一对"足迹"。但那个存在于网上的聪，却可以是好多人。而他应对BBC的方式暴露了他个性上的一些问题。对那些工作性质就是直截了当地提问的人，他的态度非常不好。他对证明会议的处理清楚地说明他本人对自己的信誉是一个威胁。一个月后，我问凯兰-琼斯，公关公司是否向他解释过，背后有一家营利公司。他说自己对此毫不知情，只知道"他们代表是聪的那个人"。

生平版权

2016年5月2日上午7时51分，推特上非常安静。其实，不那么安静，只是还找不到中本聪和克雷格·莱特的名字。这是清算的那一天，媒介禁令将解除，媒体可以发表他们的文章了，点明聪是谁。7时55分，《权力的游戏》开始热门，还有杰里·亚当斯，据称使用了"黑鬼"一词。麦克默里堡的一场野火，西孟加拉邦的一次轰炸也开始推了。有一种暴风雨来临之前那种极度平静的怪异感觉。8点整，莱特发表了一篇博客，里面应该是那个萨特演讲的散列值，还有证明自己是聪的各种帖子。与此同时，加文·安德烈森也在他的博客上发了一条消息，标题："聪"，"我相信克雷格·史蒂文·莱特是发明比特币的人。"文章如此开头：

几个星期前，我飞到伦敦去与莱特博士会面。我与他早些时候的电子邮件交谈使我相信，他很可能就是我在2010年和2011年初与之交流过的同一个人。见面交谈后，我克服了合理的怀疑，相信克雷格·莱特就是聪。

部分时间花在对用聪才拥有的密钥签名的信息进行细致的密码学验证。但甚至在我目睹在一台不可能被篡改的、干净的计算机上用密钥签字然后验证之前，我已经相当肯定我是坐在比特币之父身边。

在我们的会面中，我结识了一位有见地、专注、慷慨并非常注重隐私的人，他与六年前和我一起工作过的聪非常一致。而且他还厘清了很多疑问，包括为什么要在2011年失踪，在那以后一直在忙什么。到此，我要尊重莱特博士的隐私，让他决定他愿意与世界分享多少内情。

我们喜欢创造英雄，但似乎也喜欢恨他们，如果他们辜负了一些无法企及的理想的话。大家恐怕宁愿中本聪是美国国家安全局一个项目的代号，或者是未来的一部人工智能机器，被送来改进我们的原始货币。他不是，他是一个不完美的人，正如我们其他人一样。我希望他能够大体忽略他的声明即将制造的风暴，继续做他喜欢做的事情：学习、研究和创新。

我很高兴我能够说，我握过他的手，并感谢他给了世界比特币。

也是8时整，禁令一解除，第一条推就出现了，是罗里·凯兰-琼斯写的："克雷格·莱特告诉BBC他是比特币发明人中本聪，并发表了证据支持他的说法。"一分钟后，@CalvinAyre推了一条消息，称克雷格·莱特已被证明是聪。又一分钟后,《经济学人》的推特出现了,并链接了路德维希·西格勒的文章。文章非常坦率,要求更多更好的证据。上午8时9分,BBC四台"今天"节目里播送了凯兰-琼斯的报道。"我即将示范用与有史以来第一笔比特币交易相关的密钥来签署一条信息。"这份报告很简短,只引用了莱特一次。它说莱特希望消失,但那将是困难的。他们播放了莱特说他是聪背后那个团队的一部分的那段采访。"他听起来很可信。"主持人贾斯汀·韦伯说,大笑。然后他们又播放了采访马托尼斯的片段,他说自己"百分之百地信了"。

"为什么人们应该为此兴奋?"

"我把它放在发明古腾堡印刷机那个层次上。"马托尼斯说。

"很多人都说这和互联网一样重要,"凯兰-琼斯报道说,"此人,如果他是此人的话,应该跟蒂姆·伯纳斯-李一样声名远扬。"①

"克雷格·莱特刚刚揭秘自己是中本聪团队的领导人。"比特币内幕人士伊恩·格里格在他的博客上写道:

> 2015年夏天的某个时候,秘密开始风传,预言"出现在墙上"。一个敲诈者和一个黑客开始攻击,也许是一伙,也许是各自为战;更糟糕的是,莱特博士和他的公司在与澳大利亚税务局进行一场持久激烈的争执。那以后,这个团队已经或多或少地藏起来了,小心防范,承担了巨大的花销,并有些担惊受怕……这也就是中本聪死亡的那一刻。聪不只是一个名字,他是一个概念,一个秘密,一个团队,一个理想。如今聪以一种新的形式活

---

① 蒂姆·伯纳斯-李,1955年生,英国计算机科学家,万维网的发明者。

着，但性质变了。大部分的秘密已经消失，但理想仍在。中本聪已死，中本聪万岁。然而，给大家一个警告：聪是一个理想，而克雷格只是一个人。这两者并不相同，并不等同，甚至完全是两码事……克雷格确实是背后团队的天才的主要组成，但他以一人之力，根本就不可能成功。

在接下来的两个小时里，"克雷格·莱特"这几个字被输入到搜索引擎中成千上万次，Reddit 论坛和加密货币社区也开始工作。与此同时，我也收到了公关公司发给 nCrypt 和莱特夫妻的电子邮件。它发布了一个新闻稿，将消息传播到没那么热闹的地方。"由于有一系列误导性的报道在流传，莱特决定公开自己是聪的消息，并希望把这些误导澄清，"新闻发布稿说，"莱特还启动了一个博客，并计划创立一个比特币论坛。这个论坛要消除神话，帮助实现比特币的所有潜力。他会开辟一个空间，为软件开发者和生产者提供关于这个技术的所有事实，以鼓励比特币和区块链的广泛使用。"

上午 9 时 31 分，"好的开始！"公关公司的领导发信给这个小组。

10 点前，"嗒嗒。一切进展顺利。"莱特写道。

几分钟后，"所有计划如期进行。"第二个公关回复。

上午 10 时 13 分，"到此为止一切正常。"第一位公关写道。这是来自公关世界的最后一个好消息。

正午时，博客得到了不受欢迎的那种关注。一些研究人员研究了莱特写的东西，注意到里面动过手脚，比动过手脚还更糟糕，是假的。事实上，他说的用聪密钥签名的一个东西，是把一个公共空间里的与中本有关的旧签名切下然后粘贴过来的。这也太惊人了，嗡嗡声迅速变得火爆。所有那些在秘密公寓里度过的时间开始在我脑子里回放。总有一些东西缺失，总有一些东西他不肯给看。但那是因为他不肯，还是因为他不能？他会如此公开地造假证而且造得如此粗糙真是难以理解。他给我发了一封电子邮件。"他们改了我的博客，"他写道，"会像我想要的那样改回来的。但我得先和斯蒂芬谈判。"我回问："他们怎么能改呢？"

我相信他是在说谎。他撒过谎，但撒得如此透明、如此公开，我认为他已经得失心疯了。这种行为与他的不喜欢张扬的宣称完全不相符。他伪造了自己的证明，现在正在互联网上被撕得粉碎。我短暂地想过他是否有点享受这样的痛骂，但他怎么对得起安德烈森和马托尼斯呢？突然之间，他的对手似乎聪明得多，数量也多得多。花了几天时间，我才意识到莱特的行动可能与他更深层次的心态是一致的。他从来就不想出来，事到临头，他把自己的亲子鉴定考砸了。但我也有一种感觉，他离这个发明太近了，不太可能只是一个简单的骗子。

"我来解释一下，我为什么认为他可能不是聪。"维塔利克·巴特瑞恩同一天在纽约举行的一个比特币会议"共识"上发言说。巴特瑞恩是加密货币领域中举足轻重的人物。我的一个朋友在那里。他说，人们在这天开始时击掌欢呼，大叫"聪，宝贝儿"，等到漫长的一天快结束时，他的名字又成了每个笑话的点睛之笔。核心开发人员和其他人呼吁，他应该立即用无可置疑的属于中本的创世区块，当众签署一条新信息。彼得·托德就是其中一个，《福布斯》引用了他的话："莱特唯一需要做的，托德说，就是在'克雷格·莱特就是中本聪'这个信息上，用一个已知的密钥签字。这真的很容易做到……如果你真是聪的话。并且，当它真的发生的时候，你也会知道你已经提供了足够的证据，因为密码学家都会相信的。"

这是整个事件中最奇怪的一个元素：莱特成年后就一直是密码学

家。他肯定知道他的骗局立即就会被发现。但当我问他这件事的时候，他说那不是骗局，只是一个错误。"我暂时剪贴了一些东西，但我知道我稍后会改的，"他说，"然后就发表了。"这话听起来很空洞，是一个堕落之人说的。他是故意伪造的。我因此相信他是成心误导他的同事，以摆脱成为聪，但这跟他不是聪还不是一回事。"我想不出一个比克雷格·莱特所做的更迂回复杂的方式去宣称自己是聪，"硬币中心执行董事杰里·布里托告诉《野兽日报》(*Daily Beast*)，"他没有提供任何公众可以验证的密码学证据，他的许多回答一听就有猫腻。"之前就批评过莱特的康奈尔大学教授艾敏·史勒形容莱特表演的是"元现代主义戏剧"。

第二天，我去了麦格雷戈的办公室，发现他和马修斯一起坐在一间黑乎乎的会议室里。他们蜷缩在桌子上，疲惫不堪，完全垮了。我问他们到底发生了什么，麦格雷戈摇了摇头。这是我六个月来第一次听到他说话都不连贯了。"克雷格发声了，"他说，"他想玩数学游戏。他一直想获得受托人的同意，拿到私钥……但他不被允许取出比特币或做其他任何事情。所以他就想重新签署一个信息……"

马修斯插嘴说，莱特从未得到信托人授权公开使用密钥或让任何人把它拿走。

"那他为什么不早说呢？"我问道。

"你告诉我啊。"马修斯说。麦格雷戈继续解释说，签名的信息如何可以被具有足够计算能力的人邪恶地利用。他说受托人不想让任何人分析这些区块。我不能确定他是不是在抓救命稻草，但他说的那些无法解释莱特所为，既突然又虚假。麦格雷戈说，此后他和马修斯见过莱特了，并说那次见面他们大吵了一气，非常丑恶。但他说现在没事了。"我们已得到受托人的口头同意，可以移动硬币了。我们只是在等待书面同意。"

麦格雷戈和马修斯已经在会议室里呆了几个小时，试图找出解决问题的办法。他们认为这一切仍然可以回到正轨。麦格雷戈正在帮莱特撰写新的博客文章。他要求我帮助修改其中的一篇，我解释说我现在必须跟这事情保持距离了。我已经靠得太近了。麦格雷戈表示，他们将用证据把博客"淹没"，并让莱特"移动"一些比特币，将其转移给别人，用拥有聪的私钥的人才能做到的方式。安德烈森已经答应做硬币交易的接收一端。

"克雷格在外面快被人撕碎了。"

罗布摘下眼镜。"昨天我们和他的第一次会面是这样结束的：'你被火了。买张去悉尼的机票吧。你把我们都涮了。祝你跟澳大利亚税务局好运。'"

"他昨晚一夜没睡，"马修斯说，"他看起来太他妈恐怖了。"

"他这是冒着破坏自己全部名誉的危险。"

"他的，还有我们的呢，"麦格雷戈说，"我最近两个月一直在和投资银行家谈判。我把我所知道的每一个关系都用上了，才把谷歌和优步拉到会议上。如果他掉进火焰中，我会和他一起掉进去。我的意思是，他把我给涮了。我从口袋里掏了数百万美元，九个月的生命。但是我们现在有了一个非常听话的克雷格·莱特。我们要把这事从边缘再拉回来。"

"这可是一个很大的工程，罗布。"我说。

"我们今天终于把他揍成了泥。不需要更多的决定了。这就是我们要做的，因为他知道下一步就是收拾好牙刷，坐上飞机，在澳大利亚交好运。"麦格雷戈告诉我说，他星期一早上处于一个难以置信的兴奋状态。"我简直不敢相信我们能把这些小狗都关在箱子里这么久，"

他心想，"没有人打破禁令，天啊，马上就要成功了。然后……"

我们谈到莱特可能的谎言。我说在这些证明会上，自始至终，他都表现出这是他最不情愿做的事了。

"但事实并非如此，"麦格雷戈说，"他妈的他喜欢得很。我为什么如此肯定他第二天会接受 BBC 的采访呢？因为那是被捧着。他比我们更想要这个，但他又想要显得他好像是被拖进去的一样。"他告诉我，如果一切按计划顺利执行了，这就为销售专利奠定好了基础。这是一个非常大的交易。他说雷蒙娜问，即使莱特不出来，你不还有这个真正聪明的人，发明了这么多的专利，而且对比特币知根知底吗。"那是，"麦格雷戈说，"你，外加今天打电话来的另外五百人。"我与他们握了握手，祝他们好运，心知恐怕不会再见到这些穿黑衣的人了。走下电梯时，我想，不管怎么着，我会怀念他们的热情和信仰。

克雷格迷失在自己制造的迷宫里，或者说大部分是他自己制造的。他不想成为聪。他不想成为克雷格。他不想令人失望。但论坛都热闹起来，四壁在收拢。接下来的二十四小时中，他答应挪动聪的比特币，他的博客广而告之。上面写道："非凡的假设需要非凡的证明。"他马上就会提供。

次日，5 月 4 日星期三，马修斯在莱特家里安排移动比特币。这个新的（也是最后一次的）证明会旨在扫除第一次证明会产生的怀疑。许多评论员认为这已经太迟了，莱特已然不可救药，但马修斯和麦格雷戈同意安德烈森的想法，挪动硬币给安德烈森，给 BBC 的凯兰-琼斯，将会抵消这种损害。安德烈森当时在纽约。莱特从家里打电话跟他讨论这事，告诉他说，自己很担心早期区块链中存在的安全隐患。这是早期区块的构建方式上的一个漏洞，移动硬币的话，可能给他造成危险，使他被利用或遭盗窃。我的消息人士说，安德烈森明白这个问题，并确认现在没事了，因为已被修复。但莱特还是担心，显得非常不情愿提供最后证明。然后，他突然离开房间，再没有回来。

第二天，他给我发了一封电子邮件，链接了一篇题为"英国执法部门消息来源暗示克雷格·莱特即将被逮捕"的文章。文章建议说，根据《反恐怖主义法》，"比特币之父"可能要为使用比特币买武器的人的行为承担责任。在这个链接之下，莱特写了一个解释："我要么放弃10亿美元，要么走进监狱。我本来就不想暴露，但如果我证明了我是聪，他们就会毁灭我和我的家人。我是为恐怖分子提供资金的比特币创造者，或者是世人皆知的骗子。至少骗子还可以跟家人见面。我因此无能为力。"我至今不确定莱特对联邦调查局的恐惧是不是装的。那天之前他肯定从来没有提到过他们，而且也没什么证据表明他们要逮捕他。其实他们从未抓过他。正如这类人常有的情形，事实似乎离他本人更近：他骨子里就是一个偏执狂。他的网络生涯使他暴露无遗，再也搞不清自己是否还是个人物。我相信自我毁灭的冲动是他的本性，正如这也是朱利安·阿桑奇的本性，并因为宁死也不肯认错的自大而加剧。莱特从未跟我坦白过自己被揭露了。他只是沉溺于自己的错误决定而不能自拔，并说他是回天乏力。他说，他就是聪，即使他不能按照别人的要求去证明。

他知道他的梦结束了。他彻底完蛋了。他是那个只差20码没有冲过终点线的人，是那个在真相面前僵住，并开始退步走的人。他说一方面害怕被起诉，另一方面又害怕被羞辱。在艾伦·西利托的短篇小说《长跑运动员的寂寞》(*The Loneliness of the Long Distance Runner*)中，那个少管所的男孩来自一个善跑的人家，尤其善于"从警察那里跑掉"。他讨厌被人理解，觉得权威存在的目的就是把你消磨殆尽，并竭力保护自己的基本隐私，因为他知道"他们无法拍肠道的 X 光片来发现我们在跟自己说什么"。这个男孩按照自己的原则生活，就是说，即使在压力很大且回报很明显的情况下，也不会为了权力而勉强自己。所以他拒绝赢。代表少管所参加锦标赛时，他本来遥遥领先其他选手，但他停了下来，让他们超过，最后慢慢溜达到终点线："我该冲线了，"西利托写道，"但累垮了，我仍然还在绳子错误的这一边时，耳朵里响起了一阵愤怒的吼声。"那天莱特在另一封电子邮件中又写道："安德鲁，我不知道我能说什么，如果我提供证明，挽救了自己，我也诅咒了自己。"当天下午，他关掉了那个旨在引导加密货币粉丝们进入新时代的博客，但留下了最后一帖：

> 我很抱歉。我原以为我能够做到。我原以为我能够把多年的匿名和躲藏抛到身后。但是，随着本周的事件一一发生，就在我准备公布我能够使用最早的密钥的证明时，我的精神垮掉了。我没有这个勇气。我不能够。谣言开始时，我的资历和品质都受到了攻击。等到这些指控被证实是假的时，新的一轮指控已经开始了。我现在知道了，我不够坚强，对付不了这个。我知道我的这个弱点会对那些支持我的人造成巨大的伤害，尤其是对乔恩·马托尼斯和加文·安德烈森。我只能希望他们的荣誉和信誉不会因为我的行为受到无可挽回的玷污。他们没有受骗，但我知道这个世界永远不会相信了。我只能说我很抱歉。再见。

*

第二天早上，我开车穿过车流去了伦敦郊区。此时天还早，主街上空空荡荡，改善人们心情或生活方式的快乐精品店、熟食店和柳条蜡烛店门庭冷落。克雷格和雷蒙娜坐在一个热火的咖啡店的角落里。他们手拉手，盯着桌子。他穿着他在比拉邦专卖店买的 T 恤。我记得这件衣服，他描述过去年 12 月他开始长途奔波时，在奥克兰买的。他看起来就像我在梅菲尔头一个晚上见到他的样子：没剃胡子、缺觉、面上的疤痕更加铁青、瞳孔像被针扎了一般通红，呼吸沉重。他不只是苍白，简直是空洞，双手发抖。雷蒙娜在哭泣。他们被黑暗笼罩，咖啡馆的灯光似乎过于亮堂了。我走过去握手，结果我们拥抱在一起。我感觉像在拥抱一个溺水之人。他从星期一起就没有真正睡过觉，而现在已经是星期五了。他没有喝他的拿铁，他在勺子上堆起云朵，瞪眼看着。

"嗯，这个对他们本来值大约 10 亿美元，"他说，"雷蒙娜谈到监狱。我问他们是否担心被起诉。"

"他们说不会的，"她说，"当然会了……但他怎么能啊？他怎么能啊？"他谈到他知道的谁谁卖过比特币，因涉嫌洗钱被起诉，并说他们可能会对他也这么干。"这个危险一直存在。"雷蒙娜说。莱特宣称，麦格雷戈早就准备好一个计划，必要的话，如果看来他可能被抓，就把他送到马尼拉或安提瓜。

"事情一直是这么循序渐进的，"克雷格说，"走一步，再走一步，没有人意识到，最终那就把你送到悬崖之下了。"

"就是这问题，"雷蒙娜说，"你的快乐根本一钱不值。但现在我们被困死了。你出来，你就去监狱。你不出来，你就是骗子。事情发展到这个地步，当骗子几乎倒更好了。"

"周一到底发生了什么？"我问道，"当你写博客时？"

"我给了他们错误的东西，"他说，"他们就把它改了。但我没有纠正，因为我非常生气。这就很愚蠢。我把错误的东西放上去了。没人想要中本聪。我永远成不了中本聪。我没有人气。如果你把我锁在一个房间里，我会写论文，但我永远不会有人气。"

雷蒙娜又哭了。"他们能把我们搞掉，"她说，"他们真的能把你搞掉，如果想的话。"

他们又谈到莱特很久以前加入的那些搞钱公司。莱特说马修斯知道这些事。这是真的，因为马修斯也给我提到过。

"我只是再也做不了什么了，"他说，"就这么回事儿。"

他们想要谈谈信托基金，但又没有真正解释。他说那是为了藏匿比特币。"不是为了花掉，"他说，"太多问题了。"

"也是为了保证不把市场淹没了，"雷蒙娜说，"我们不能用它来支付账单，无论情况变得多么绝望。"当我问谁是受托人时，他们又不说话了。

雷蒙娜开始担心我的故事。她试图控制我，开始告诉我应该说什么，不应该说什么，我应该怎样把她和莱特评论麦格雷戈和马修斯的话藏起来。"我只想记录真相。"我说。

她说我知道得太多了。她说如果我把一切都报道出来，克雷格就会进监狱或伤害自己。我惊讶莫名。这个故事的每一方都对我说过很多事情，但我都会选择不发表。这不仅仅是他们说彼此的闲话，还包括商业安排，对过去事情的未经证实的指控，以及我所知道的眼前的事情。但我从一开始就把这当纪实报道记录下来，我们12月在克拉里奇酒店见面时，我就是这么讲的。都到这会儿了，我却被告知，我的材料太烫手了，我的故事构成了威胁。

克雷格突然非常忧虑不安。他的脸皱成一团，脑袋埋在手里。"英国人也有他们的关塔那摩湾，"他说，"我再也不能写东西，再也不能见到任何人了。我会被关在小房间里，连纸和笔都没有。我再也见不到我的妻子了。再也见不到……"他抽泣着，伤心欲绝。"我再也不能写东西了。"

"他们不会那样做的。"雷蒙娜说。我建议他们考虑聘请一位律师咨询一下可能面临的威胁。雷蒙娜说太贵了。她说账单会上数百万。克雷格又谈到伊恩·格里格（Ian Grigg）和其他人去年把他"暴露"了，因为给了他各种奖项的提名。中本聪获得了诺贝尔奖和图灵奖提名。莱特告诉我说，比特币社区的人希望他出来接受表彰。他说，这从来就不是为他的利益，而是为其他人的利益考虑的。"我不在乎人们是否喜欢我的工作。"他说，"我只是必须要做我的工作。那是唯一让我不发疯的事。"

"我希望他的名声能够恢复，但我不知道还有无可能，"雷蒙娜告诉我说，"这是我的建议，如果你能做到的话，你就去做。如果做不到，也取决于你。如果［你说］他并不想要出来……那么公司就会难堪。如果你说你知道他就是聪，那我们就有麻烦了。如果你说你有疑问，那他就显得像个傻瓜。"

我肯定自己当时是用一种不可思议的表情看着她。"你相当于在说，这个故事的真相的每一个版本都不能讲。"

"但如果你讲了，安德鲁……"

"如果你坚信永远不能说出来，那么你就应该绝不允许它发生。"

"这是一步，然后又一步……"克雷格说，又重复了一遍。

"而且你让一个作家走进你的生活？"我说。

"你知道这对我有多重要吗？"克雷格说，"公司。员工。能做这么多事。能把所有这些论文都发表。这就是我的天堂啊，但代价是地狱。"

"如果我们不和你合作，"雷蒙娜说，"他们会停止……"

我提醒他们，每次我试图放弃这个故事，比如他们想让我签署保密协议那次，她都恳求我回来。我告诉他们，和盘托出比任何其他选择损害小得多。自然，那只是我的观点。

"没人愿意相信我。"克雷格说。

"我认为那很好，"雷蒙娜说，"没人愿意相信你，太好了。"

克雷格说提交了所有这些专利。这些都是他的主意，而"不仅仅是戴夫"。

"什么意思，"我问，"不仅仅是戴夫？"

"我是说这些专利都是我写的，"他说，"说明我知道所有这些垃圾。"

"你跟马托尼斯或安德烈森谈过吗？"我问道。

"没有，"雷蒙娜说，"我都不知道他们会不会再跟我们说话。"

"我想你们需要一些应付危机的建议。"

"谁来做？"

"心理医生。"

"我们没有那个时间。"她说。

我和他们一起走回家，他瘫在沙发上，苍白无神。"他的精神健康一塌糊涂，"他走出房间时，她对我说，"如果进了监狱，他会自杀的。我都不能让他独自待着。"

当他回来时，似乎比刚才还要苍白。"这都是因为我写程序，"克雷格说，"又不是因为我炸毁了什么，就因为我编码。"

"出于好奇，"我说，"如果你真是骗子……设计这个骗局有多难？"

"这会是人类历史上第一啊，"克雷格说，"相当于罗尼·比格

斯 ① 用了类固醇激素，再乘以一百万。我发明了一种新钱啊。谁有过
能跟钱扯上关系，却无需跟政府打交道的？谁真正成功过？"

"你是说这是个吃力不讨好的活？"

"一直就是普罗米修斯。"他说。

*

这个故事讲的是，每个人都希望把自己的故事讲出来，然后再收
回去，然后再藏回保险柜。这像一个崭新的故事，但事实上，是一个
非常古老的故事。它就是变形记，就是普罗米修斯被松绑了。克雷
格·莱特从密码学上证实了他有中本聪的密钥，他的电子邮件似乎也
证明他参与了，他的科研方向是区块链技术的继续，最后，他花了整
整一年的时间从事揭开这个秘密的商业计划。

但到头来，他举止像一个骗子，他变形了，他化为乌有。

我开始推测克雷格·莱特是不是一个从来不知道自己是谁的人。
他像一个找不到自我的人，不断地与内心里那个失落的小男孩讨论，
无法忍受会迫使他明确地说出自己是谁的那些情形。可以说，有的人
真的谁都不是，因为已有的自我复杂性把他们抹掉了。互联网会吃掉
自己的编码人，莱特就是其中一个。或许他蓄意破坏了他自己的证
明，或许因为他不是那个人，确实通不过亲子鉴定，但他对自己的怀
疑才是真正的戏剧所在。他有病，他异常聪明，他喜欢操纵，但他所
说的大部分话也都是事实。那天早上我开车离去的时候，他的病似乎
占主导地位。莱特是个聪明人，似乎挖空了心思，来证明他不是谁。

----

① 罗尼·比格斯（Ronnie Biggs），英国著名的火车抢劫案大盗。

"现在我们都是中本聪"成了比特币早期粉丝们的口号。最终我们确实都变成了中本聪，我们会开始接受比特币，当纸币显得陈旧了，当我们的思想与我们的电脑合二为一后。未来还会有新的网络从中本聪的种子上生根发芽。在我经历了这一切之后，最奇怪的是，唯一选择不当中本聪的人却是克雷格·莱特。在他与BBC和其他人的"证明会"一周之后，他已经身败名裂。他在nCrypt的转角办公室被清空了，皮沙发也没影儿了，跟穆罕默德·阿里的签名照和他的其他东西一起被搬出了大楼。无声无息，办公楼里最好的房间已经变成了会议室，他的名字只能在窃窃私语中提及。

最后一次与麦格雷戈和马修斯的会面，全是猜想和愤怒，绝望和道歉。他们认为莱特做了伪证，而且是在毫无理由的情况下。他从未说过他的信托基金的问题。这些问题，虽然他从未承认过，会使得揭秘中本聪对他而言很困难。他们，包括安德烈森和马托尼斯，仍然相信他就是中本聪。在他们眼里，证据太多了，以至于难以接受莱特最近自我否认的举动。但是那都无所谓了。他已被解雇，他们说，和谷歌的交易也没有了。"他把枪顶在我们脑门儿上，然后扣下了扳机，"麦格雷戈跟我说，"全世界都相信我们被愚弄了，但我知道事实。他真的有密钥。"会面中有一瞬间，我意识到这件事对麦格雷戈有多么切骨之痛。他说他再也不想见到莱特了。"本来是一件高尚的事，"他说，"却变得如此黑暗。"马修斯告诉我，莱特的办公室、房子、工作、工作签证，一切都会被取消。他们已经花了高达1500万元，最终可能会损失10亿美元。麦格雷戈说那个公关公司再也不会跟他打交道了。有的投资银行家已经不接他的电话了。但是他们还会找到办法继续开发区块链技术。公司也要继续。麦格雷戈摇了摇头。整个事件真是不可思议。真是莫名其妙。为了莫名的理由，莱特竟然找到一条路，再次消失在阴影之中。

尾　声

他似乎有点想念我。克雷格想要会面。这是在"揭秘"流产了的几个星期之后。我到达瓦莱丽蛋糕店（Patisserie Valerie）时，发现他又很高兴了，并准备好再次挑战这个世界。"要求你不发表关于我们的某些事情是不公平的，"雷蒙娜在给我的电子邮件里写道，"正如你所说，你要对真相负责，也理应如此。"但是，谁都知道，真相有很多面，比镇上钟楼的钟面还多。

在瓦莱丽时，莱特告诉我，他又感觉自由了。他失去了10亿美元的三分之一的份额，但感觉如释重负。他很抱歉让好人失望了，但现在他又可以静心工作了。我脑子里闪现出福尔摩斯的主要信条。"当你把不可能的情况都排除了，剩下的那个，无论多么不可思议，必然是真相。"

"你想知道我的想法吗？"等他又重复一遍从现在开始一切都会好起来的话以后，我问道。

"想啊。"

"有没有这种可能，你本来占'聪'的30%。你从比特币发明之初就参与了，是一个非常出色的小组的成员。你编码，你综合其他人的工作，并共享密钥。然后，在去年的某个时候，你把自己升级到了80%或90%。你已经比至今为止的任何人都更算'聪'了，但这个交易，在你看来，要求你更进一步，最终你无法做到。"

"不是。"他说。然后，他又跑题，开始讲解椭圆曲线和区块链的本质，还有他从来就不想变成神的话。此时，我关掉了我的录音头，只盯着他看。

在咖啡馆外，他握了握我的手。我知道我不会再见到他了。六个月中，我们让彼此相信是朋友：主人公需要会讲故事的人，会讲故事的人需要主人公。曾经有一段时间，他想象我可以把他从他的幻想中解放出来，并在现实中为他建立一个新故事。我则是一个心甘情愿的速记员，想象莱特或许比中本聪还要重要。他是互联网自我戏剧化同时自我掩藏的产物，一种新的人格表现。他到底做了什么，我们可能永远不会得知。他要么是他那一代人中最伟大的计算机科学家之一，要么是一个鲁莽的机会主义者，或者兼而有之。我们无法确定。但那就是他，站在老康普顿街上，倾盆大雨之中，连说对不起。我离开时，他还在说，还在寻找新的化身，开始下一个行动。他站在一把雨伞之下，智能手机在掌中嗡嗡作响，我碰了一下他的胳膊，然后走开。走到第一街拐弯处回过头去，但见他已经消失在人群之中。

发明罗纳德·平恩

　　我第一次去坎伯维尔新公墓是在大约六年前，去找一个叫梅尔文·布莱恩的年轻人的坟墓。布莱恩是个小罪犯，在埃德蒙顿的一家药店里被捅死。沿着墓间小径，踏着清脆作响的冰冻树叶，我注意到葬在那里的很多人都非常年轻。你可以通过靠在墓碑上的柔软玩具认出他们的墓来。去年冬天，我又回到同一个地方。这次更冷了。往教堂走时，墓间小径熠熠闪光。我上次没注意到，理查森帮的头头查理·理查森也埋在这里。还有帮派分子乔治·康奈尔，他是在"盲人丐吧"被克雷双胞胎干掉的。但铭记在我心中的，是那些无名孩子的墓和玩具哨兵。树光秃秃的，把光线滤过后打到墓碑上，指向里面埋藏的故事。我说"故事"，不仅仅指刻在墓碑上的，也包括你带来的故事，你会讲给自己听的故事，虽然它们还没有什么特别的意义。因为某些我自己也不清楚的动机，我记下了保罗·艾夫斯、格雷厄姆·潘恩（"溺水而死"）、克利福德·约翰·邓恩、罗纳德·亚历山大·平恩，还有约翰·希尔这些名字。他们跟我一样，出生在六十年代，但都早逝了。

　　利用死亡儿童身份的做法，是伦敦警察厅从六十年代开始的。直到最近，警察内部都认为，这是卧底警察工作中很正常的一部分。具体操作是从墓碑或登记册里选一个孩子的名字，然后围绕他编一个生平，警方称之为"传奇"。第一次听到这个新闻的时候，我心下琢磨，那些参与这种行动的警官是否都是秘密小说家啊？他们除了做一个假护照，给一张新脸，为了跟要做的调查合拍，还会为自己的"人物"打造出一片活动空间。伦敦警察厅的这些警官并不通知孩子的家属。他们使用出生证明原件，为自己建起一个跟真人一样的简历。也跟真人一样，这些警官冒充活动分子，渗入到左翼组织中去。2013年，曾为伦敦警察厅特别行动队 ① 工作过的几名警官，包括一位名叫约翰·迪恩斯（John Dines）的警长，坦白了用死孩子的身份隐瞒自己身份的经历。迪恩斯选的名字叫约翰·巴克尔；巴克尔早于1968年死于白血病，时年八岁。在一些事例中，警官保留伪造身份长达十几年，在涉及情色关系时使用。为了增强自己的"背景故事"，他们会去访问"童年"的地方，在死之前住过的房子周围转悠，以便更好地移植自己第二人生的传奇。

几年前，德比郡警察局长米克·克里登在报告中承认，作为"赫恩行动"的一部分，他们调查发现一共有106个隐性身份"在1968—2008年之间被特别行动队使用过"，并确认这些身份中许多是"虚构的"。为了"行动安全"，警察局长既不会确认也不会否认死亡孩子或具体警察的名字。报告里没有涉及这么做的道德问题。这个报告是被媒体的负面报道逼出来的，尽管道歉了，我们却搞不清究竟发生了什么。这个事件暴露得更多的是警察权力，及媒体促使警方道歉的力量。然而，这个故事本身更深刻。第二人生是什么意思？使用别人的身份是什么意思？谁本来拥有这些身份呢？这是当代精神吗？在社交媒体的迷雾之中，是否每个人的"真相"都是可以被利用的，尤

---

① 特别行动队（Special Demonstration Squad）是1968—2008年期间伦敦警察厅中的一个秘密行动小组，现已并入反恐指挥科。

其是被当事人？真实与虚构之间截然有界吗？在探索这些问题时，我可以跨线，用别的方式效仿这些警察所为吗？我可以摘取一个死去的年轻人的名字，来试验我能使他的假生活真到什么程度吗？踏上这样的旅程，效仿这些人的所作所为，会是多大的错误？为了回答这些难题，我决定跟随罗纳德·平恩，进入他不曾有过的、幻想层面的未来生活。如果即将开始的实践严重地玷污了一个人的身份，那也是我想说的故事的一部分。但代价是真实的。我必须参与干坏事及违法活动，才能设身处地地讲述这个故事。

罗纳德·亚历山大·平恩

"罗尼"

逝于 1984 年 9 月 8 日，

二十岁。

我快乐英俊的儿子，

我祈祷我们再见面的那一天，

爱你的妈妈

那天傍晚离开墓园时，我并不清楚我的故事会如何远远超越警察的不良行为，将会是关于互联网的幽灵一面，以及我们如何与之共存。但我记得打开车头灯时，坐望黄色灯光扫亮的一个个坟墓。我在那里待了一会儿，回忆起成长过程中读过的那些小说。

*

真正的罗纳德·平恩出生于 1964 年 1 月 23 日，母亲的名字叫格莱斯·莉莲·埃文斯，来自伦敦的老肯特路附近地区。父亲在同一地区长大，罗尼出生时，他是建筑工人。那一年，他们住在伯蒙德赛地区的圣詹姆斯路 183 号。英国百代新闻社在七十年代拍摄的素材中有老肯特路街头的儿童。他们在建筑工地玩耍，站在公共汽车站边，聚在广告招牌下，或从商店旁走过。刚开始做这项研究时，我常常一群群地扫过去，看看他们中间有没有谁像某张照片里的一个金发男孩。那张照片贴在一个家族树上，那个家庭研究网站告诉我说，那个男孩就是罗尼·平恩。

这张照片是罗纳德·平恩在公共区域里存在的唯一证据：一个几乎无人记得的、照得模模糊糊看不清楚的图像。就互联网而言，罗纳德·平恩根本就没存在过，他的家人也没有。没有报告、没有报纸报道、没有证书、没有记录，也没有社交媒体上的"足迹"可供丈量。只有这唯一的一张模糊的照片。我开始琢磨，被互联网所蔑视的文书工作或传统记忆中是否还可能保存了一点什么，但尚未数字化的日常资料或没有名气的东西越来越难找了。我给罗尼·平恩可能上过的班级的所有人写了信。我给伦敦所有的平恩写了信。慢慢地，一两个人从非数字化的以太、以老式的样子现身，告诉我记得他一点什么。他的家人住在老肯特路旁的埃文代尔广场边。我去看了看那里衰败的公寓。我能看见在 1976 年那个炎热的夏天，十二岁的他在草地上玩耍。我能看见他冲着站在阳台上的母亲喊叫，在平房旁的树下把自己的单车放好。但我常常意识到，我看到的不是罗尼，而是我自己，一个年龄相仿、对那些地方还相当熟悉的男孩，在一个没有记录的生活中逛荡。

罗尼上的是约翰·卡斯爵士赞助的基础小学，一所离伦敦塔不远的英国教会学校，但那里没有人记得他。我看了一些小男孩在巨石阵郊游的照片，时间上也吻合，但里面没有罗尼。以前的学生记得其他人，并能回忆起学校的例程，比如两两牵着手走路，一起去阿尔德盖特的圣博托尔夫教堂参加教会服务。罗尼的妈妈不喜欢住家附近的小学，所以他每天都得走路去约翰·卡斯爵士的学校。他在那里蛮高兴的，尽管没得过任何表彰。伯蒙德赛的培根中学以前的学生仍然在谈论那里出来的名人，但没有人注意到，小学毕业之后直到 1980 年，罗尼·平恩也在那里。追踪真罗尼的过程中，好几次我都相信，在"朋友再聚"网站上以前学生张贴的已经斑斑点点的照片里看见他了。他不就是那个站在边上穿着白衬衫的男孩吗？在 1980 年的学校前面，孩子们滚在一起，有人把汽水从摇过的罐子里喷出来。

总的来说，他在课堂上表现良好，但从 1978 年 7 月的成绩单上，可以看出情况变了。他的出勤率下降，被留校四次。数学和戏剧得了 A，英语差一点，法语得的是 D（"罗纳德今年进步不大"）。他在金属工艺中得了 A，但老师想不起他的名字来，写的是"罗伯特"要继续进步。他以前的老师诺曼先生说"罗尼的学习态度和学习质量都在下滑。我希望他留心一下最近对他说的话。他总是那么快乐，讨人喜欢"。罗尼好像对外面的世界迫不及待，一到时候就离开了学校。有人回忆起他在威尔士的旅行。"罗尼说，他在宿舍里半夜睡在床上，一个穿着老式衣服的男孩走进来，坐在床头，然后就消失了。"告诉我的那人然后叹了口气。"我认为罗尼生来就是要死的。我是说，我们都是，但他尤其如此。"

罗尼认识了一个叫妮可拉·塞尔的女孩，她的家人在伦敦郊外摆摊位。他开始跟他们一起做生意。那段时间，他在摆摊主的世界中折腾。后来他买了一辆高尔夫软顶敞篷车，对其喜爱有加。他没有雄心壮志。他会出去买几件西服，晚上偶尔吸点可卡因。那是 80 年代初，像罗尼这样的男孩正在都市里冒出来，重塑新的自我。但罗尼似乎满足于留在伦敦南部，跟一小帮朋友保持联系。1983年的某个时候，他的女朋友和他分手，跟一个他俩都认识的名叫考克斯的人好了。罗尼想不通，那人又不是什么好东西。但他找了另一个女孩，叫莎伦。"一条腿可以抬到这儿的女孩。"他说。人们相信他会跟她结婚的。这次分手有些尴尬，因为他还住在从妮可拉家租的公寓里。公寓在考顿花园高处的一个街区里，从肯宁顿街下到一半的地方。

他死的那天是星期四。他习惯每天给母亲打个电话，但那个星期，她没听到他的消息。她就去找他，问来问去，在塔桥路附近的一条小街上找到了他的车。她不明白他为什么把车停在那里，就接着找人。在埃文代尔广场边的一家酒吧里，她遇见了罗尼的一个朋友大卫。他说他前一天和罗尼在一起，最后一次见到他时，罗尼在床上（验尸官稍后将这名男子形容为"讨厌的证人"，但没有详细解释为什么）。平恩太太和酒吧里的另一个男孩一起去了罗尼住的那条街。她开始紧张起来，因为不打电话来问候，这不是罗尼的习惯。当他们发现他的公寓从里面反锁时，她更恐慌了。看房子的和那个年轻朋友去想其他办法进房间时，平恩太太坐在邻居的公寓里等着。第一次得知罗尼·平恩死时的基本情况时，我并不知道他母亲是否还健在。我还在看选举登记，给不是她的那些人写信。她从不相信罗尼是海洛因瘾君子。毒死他的海洛因剂量是否是她不知道的罗尼生活的一部分？

公寓里，罗尼的裤子折叠得好好的，搭在床边的椅子上。身旁的电话上好了闹钟。他的护照放在那里，上面盖了章，那是他去圣地亚哥走朝圣之路，还有年轻时跟叔叔一起的美国之旅留下的痕迹。公寓里井然有序。罗尼在二十岁时死了，身边没有什么东西留下，几乎没有记录跟他的名字联系在一起。他走了，死在离他长大的地方不过三英里远的地方。在接下来的三十年中，他的名字只有一次出现在互联网上，附在一个远房家谱上的一张小男孩的照片上。我去国王十字车站见了一个人。他与罗尼的一个叔叔一起上过学。他给我看了一张照片。我可以看到家族的相似之处，但这个人不记得罗尼。几乎没有一个跟他一起上学的人能想起他来。2014 年时，他们都不知道罗纳德·平恩的遗体已经在坎伯维尔的一个墓地里躺了三十年。他们都已经有了自己的孩子，房子的抵押贷款也差不多付清了。他们会去参加同学聚会，会在家族宗谱网站里回忆那些已经消失无踪的房子，不再运行的公交车，以及永远与其他逝去的男孩联系在一起的音乐。

*

建立一个基于罗纳德·平恩的假身份的第一步，是申请到真罗尼的死亡和出生证明。这也是为什么警方和其他人会利用死去的真年轻人：跟我们其他人一样，他们也有证书，因而可以打下一个可信故事的基础，而他们又没有继续生活，或太多的生活，来阻挠编织的故事。当时我还不知道罗尼母亲的娘家姓，但糊弄了一下，很容易就从注册总署拿到了证书。证书开始了和正常情况一样的合法化过程：如果你有出生证明，你就可以获得其他文件，一个假身份的"传奇"就有基础了。真罗尼的家庭背景不难从证书上弄清楚：他的父亲于 1997 年去世；住在萨瑟克区的祖父阿尔弗雷德·E. 平恩生于 1908年；他的曾祖父，一位名叫泽诺斯·托马斯·平恩的商人，二战期间死于兰贝斯医院。我能毫不费力地弄清罗尼·平恩背景的基本事实。一方面，现在的人经常痴迷于祖先和家族历史。以往需要查找几个星期的资料，现在只要交费，几分钟内就可以看见。另一方面，脸书等社交媒体平台鼓励相反的行为：编造的生活。写这个故事时，我不断地从一个方面换到另一方面去理解一个人，从真实到虚构。这似乎是相当现代的理解生活的方式。

*

我去看了真罗尼长大的房子。它位于埃文代尔广场三十年代期间建的街区，前面有草坪，孩子在外面玩。第二天，我为假罗尼设了一个真电子邮箱。虚构人物有为自己收集材料的习惯，我发明的罗尼也如此。我开始为他建立一个背景，一个与我本人生活多少有关的传奇，同时，我放弃了原装的罗尼，为这个自圆其说的个体建立起新的关系。我决定他出生时的家庭地址是凯莱东尼路167号，这个地址似乎对我正在发明的这个人所属的社会阶层吻合，也因为我对国王十字站那一片有感觉。我把他安置到博阿迪西亚街的祝福圣礼天主教小学。我去参观之后，估计"罗尼"上学时，那里应该是所新学校。跟间谍一样，我希望人物的传奇有一个铜铸的底座，强大而可靠，就像奥利弗·退斯特、亨伯特·亨伯特①或我的故事一样，不仅能糊弄公众，而且几乎能把作者自己都糊弄了。我再把他放进海格盖特的圣阿洛伊修斯中学。我研究了那个小学和中学的照片，将他嵌入到七十年代的集体照中，当时圣阿洛伊修斯已经改成中学了。我把他的在校时间和那些年在校的真学生相匹配，以保证他的第一个朋友可能是保罗·沃德、布赖恩·福斯特或特里·克列普卡。

我们现代的许多罪行都是想象力的罪。我们想到不可说的东西，

---

① 奥利弗·退斯特，狄更斯同名小说里的主人公；亨伯特·亨伯特，纳博科夫的《洛丽塔》里的主人公。

然后彼此交流相应的信息。我们犯的是"思想罪"，为非法或可鄙行为提供观众。我们中的一些人假装有某些人际关系，因为这么做给我们自由的感觉，有些人需要色情，也是基于这个原因。创造假罗尼不像在小说中创造一个角色。它更触及本人，我好像在过另一个人的生活，就像演员一般，不仅试图模仿一个可能的人，而且在试验"设身处地"的含义和极限。我决定，跟真罗尼不同，我的罗尼上了大学。我把他安排在1982年到1986年的爱丁堡大学。我用他的名字申请了一个假学位证书。有几个网站提供这项服务，都假装这些证书只有"新奇价值"，但它们看起来与原件一样真实，有相同的密封、全息图和水印，可以卖到几千英镑。这显然是为没有学位但假装有的人服务的。爱丁堡似乎很合适：我知道在那些年的爱丁堡，如何替罗尼思考。

我意识到我的罗尼会需要一副面孔，主要是用于身份证，而不是网上生活。当然，在网上待过一段时间后，如果没有一张脸来代表你投射到世界的自我，似乎也不太对。我本来可以随便找一张年龄合适的面孔，因为被发现的可能性微乎其微。但我心里不踏实：我怀疑我的罗尼会去一些黑暗的地方。对此，罪应在我，或至少是我的责任，所以真人的脸，无论活的还是死的，就不能考虑了。通过电影界的朋友，我联系到了一个搞特殊效果的家伙。在波特兰广场喝茶时，我让他发誓保密。关于我的人应该长成什么样的对话，听起来像挑选演员的讨论。"我觉得他应该像我，但不要太像。"我告诉他。我们同意他会画几幅肖像，然后把我和另外两个答应被画像的人混在一起。所以罗尼的脸会是三者的混合。我的特效帮手问我是否听说过 Weavrs。

"那是什么？"

"就是你要做的事啊。"他说。根据网站介绍，Weavrs 是"基于个性化的社交网络机器人"，它们会开博客，发表自己的感受、去过的地方和经历。《连线》杂志的奥利维亚·索伦在一篇文章中质疑背后的人。"这个团队……不愿意详细透露 Weavrs 算法是如何工作的，称之为他们的黑盒子，"索伦写道，"但解释说，他们是从社会数据中创造个性，然后它们'写博客使自己变成真实存在'。"在这些圈子里，大家对数字机器人正在成为大企业的工具习以为常。Weavrs 在中国被用来收集年轻人的数据和喜好。如果需要知道人们想要什么，从前研究人员会与个人对话，但现在，这种发明的"数字个人"（digividual）还更可靠。

*

不稳定因子是"人"。我的罗尼·平恩的来源是完整的，是一个真正的人，活过、呼吸过，名叫罗尼·平恩。我的罗尼则什么也没有，但这并没阻止他从一开始就过上了比现实大得多的生活。"罗尼"的照片显示了一个四十多岁的男人，有他的作者的眼睛，和更年轻一些的人的发型。他是合成出来的，但看起来又很普通，毕竟每个人都是某种合成，因此，没有任何迹象透露，他不是跟我们一样行走在世间的人。我的罗尼很快就在脸书上出现了，照片上传了，背景细节也有了，外加"教育"背景、支持的足球队（西汉姆联队），还有他现在在一家名为"行政车"的公司里当司机的事实。也正是在这个时候，罗尼的"性格"开始自行改变，正如创作中的小说人物一样。事实表明，罗尼是右派、同性恋、一位放弃学术界的历史学家，并希望英国脱欧。在脸书上，他在选择关注哪些人和机构时表现出个性。他喜欢快餐，结果有一段时间里，他的网页上有一个温迪汉堡包的 logo。他用温布利球场作为他主页的背景。每天我都给他添加新的元素，从而发现新的途径。他喜欢《星际迷航》《火线》及《同志亦凡人》。他加入推特并开始关注一些君主主义者、资本家、快餐连锁店、校友，以及像奈杰尔·法拉奇（Nigel Farage）这样的政客。人们自动开始关注罗尼·平恩，要么因为他的兴趣所在，要么因为他先关注了他们。为了增加他的"足迹"，我不断增添更多的可能性，包括一系列假的脸书朋友。他们像鬼魂一般，我开始把他们想象成虚构的人物，被创造出来的人、其他人。他们可以支撑一个虚构人物的传奇，因为他们虽然完全是假的看起来却又足够真实。有天早上不到一小时内，罗尼·平恩的假朋友们就应运而生了。他们叫威廉·艾略特、简·德利昂，还有斯蒂芬·沃特利。谁敢说他们不是"真的"呢？过了一会儿，某个地方警报响起，脸书发来警告。"请验证你的身份，"它说，"脸书不允许伪装别人、使用假名或不代表真人的账户。"但假罗尼的假朋友的作假并未带给自己太多麻烦。这只是又一个机器人在发警告，因为多次击键之后引发了警报而已。但继续假下去，罗尼·平恩就开始在现实中成长，警告也就消失了。脸书拥有八亿六千四百万个日常用户，其中至少有六千七百万个被公司认定是假的。社交媒体上的鬼、变成他人的人或像幽灵般过着想象的生活的人，比英国公民还多。

在很多方面，我的罗尼是一个典型的 21 世纪的公民。包括他的虚假。有价值的假身份出现在生活的各个领域中，大多数是模拟假造者自己的身份。2013 年，大卫·佛肯弗立克（David Folkenflik）出了一本书叫《默多克的世界》。书中揭露，福克斯新闻台的公关人员连续建立假账户，在关键的博客文章下面发"有利于福克斯"的留言。一名前职员讲，为此目的设立了一百多个假账户，并说他们还使用了不同的计算机和难以追踪的宽带连接来掩盖踪迹。远非吸了大麻的计算机呆子所为，网上假身份早已成为大型商业间谍活动、警方调查、政府监控以及营销公关的标准做法。民主的理念是一人一票，但在这个"伪草根"时代①，也难以免俗。网络技术精明的人敲敲打打一番，从社交媒体上收集"名字"来支持自己的事业或谴责他人的事业，各种思想运动瞬间就制造出来了。爱德华·斯诺登揭露了政府出资窥探私人生活的秘密，但更微妙的是，他也暴露了普通人致力于造假术的种种方法。英国政府通信总部（GCHQ）②有一个叫做"联合威胁研究情报小组"（JTRIG, Joint Threat Research Intelligence Group）的秘密部门。JTRIG制作了一个介绍各种肮脏手段的文件，称之为《欺骗的艺术：培训网上秘密操作的新一代》。JTRIG将自己形容为"利用网络技术促使事情在真实或网络世界中发生"。"发生某事"通常是指入侵他人的脸书账号然后更改照片，或调动社会网络去嘲笑他们。例如"假旗行动"指的是在网上用假身份张贴资料，以损害他人的名誉。"损害"归在两个标题之下："掩饰-隐藏真实"和"模仿-暴露虚假"。换句话说，就是利用真实和想象之间的各种漏洞发难，就像什么博尔赫斯噩梦袭来，吃定了人们对谁存在谁不存在的疑虑不定。按英国政府通信总部（但不仅仅是该部门）的说法，世界现在就是一个魔术场。"我们要培养网络魔术师。"秘密报告对它的秘密读者说。

---

① astroturfing是人工草坪的意思，这里译作伪草根，因为自发的群众运动在英文中叫草根运动。

② 英国政府通信总部（Government Communications Headquarters）是英国情报机构和国家安全机关，对外交大臣负责，和英国安全局、秘密情报局一同受到联合情报委员会的领导，主要职责是向英国政府和军队提供信号情报和信息保障。

假装别人，想要混淆、模仿或表演自己，这些故事表明不仅我们生活的技术基础变了，而且现在可以使用的叙述策略也变了。你可以说每个有抱负的人都需要一个传奇来深化自己的经历。2014 年，为圣母大学效力的优秀橄榄球后卫曼太·特奥（Manti T'eo），就找到了自己的传奇。特奥是摩门教徒，来自夏威夷。他讲的是他在 22 岁的女友莱娜·卡库娃刚刚死于白血病后，强忍悲痛，帮助球队成功的故事。在接下来的一场比赛中，他驰骋球场，完成 12 次抢断，随后出现在新闻节目中谈及他的悲痛，并引述莱娜在重病期间写给他的信。问题是这个女友根本不存在，完全是编造出来的。社交媒体网站上的照片是一个他从未见过的女孩。特奥说，他错过了莱娜的葬礼，因为她坚持他不能耽误比赛。这样的故事多得很。脸书和其他网站的"马甲"账户允许一个"人"，有时候甚至"全家"，一起编造出比自身更不平凡的生活。俄亥俄州的迪尔一家在亲人们死于癌症后，几年间不断地索取同情和美元。谎言的基础是一个有七十多个假村民的小村子。这全是二十二岁的医学院学生艾米莉·迪尔一手造就的。她从十一岁起就开始发明自己的世界了。她的生活就是一个真人秀，由她制片、选角、导演和主演，并向全世界播放。她只是用了一堆马甲而已，但对她的那一大群忠实粉丝来说，这些马甲完全真实且令人感动。

　　到 2014 年深夏，罗尼·平恩有了 Gmail 和美国在线的邮箱，也在分类广告网站 Craigslist 和社交新闻网站 Reddit 开设了账户。有一个星期，我花了很多时间安装和运行软件，以便能购买比特币。他需要有钱来证实他的存在。我使用无法追踪到我的计算机，用信用卡买了价值数百磅的比特币。每一次，钱币都必须先"混合"，也就是洗过后，罗尼才能买东西。万维网的每一个拐角都有一个骗局，我发明的罗尼必须跟一些最狡诈的人讨价还价。他现在有钱了，接下来又有了一个假地址。我选了伊斯灵顿的一个空房子，我去那里收取他的邮件。地上多出一堆邮件后，空荡荡的大厅似乎更寂寥了。收信人虽不存在，需求比许多真人还多。

　　不久，我就在驾照上看见罗尼的脸了。护照花了几个星期。卖家是一个暗网网站"进化"（Evolution）上的，他收集了"罗尼"的所有信息，制作了没有照片的护照扫描件，然后就消失了。这很稀松平常。卖东西的跟要买他们东西的人里面，骗子一样多。另一个卖家很快就做好了这些文件，样样齐全，谁也看不出破绽来。假护照也许糊弄不了希思罗机场的电子护照机，但有了它，就可以办许多其他证件，并步入一个合法的世界。就这样，一步一个数码脚印，"罗尼"开始拥有一切，面孔、地址、护照和折扣卡。他开始在 Reddit 网站上与真人聊天。应该说可能是真人。他的推特和脸书生活显示，他是一个热情但充满偏见的人。如今，每个人都可以同时成为弗兰肯斯坦和他的怪物，既是愚蠢的梦想家，又是他的哥特式后代，而技术似乎促成并鼓励这一点。在真实生活里，罗尼是个虚构的人，但在论坛上，他不比任何人更不真实。"朋友"（friend）已经成为动词，无形中使"交友"（befriend）一词更多指向在传统的世界里热情握手、双目对视的含义。脸书上，人们"朋友"、"被朋友"，虽然许多人永远不会相见。网上换个地方，这些关系或许会遭遇冷场，碰上一个看起来正常但并不存在的人。罗尼在社交网上的交流可以非常投入，充满生气，并富有个性，但他遇到的每个人似乎都有一个需要隐藏的自我，却没有什么可以炫耀，废话之外，人走茶凉。有一次，罗尼的推特账号被黑客入侵了，数百名右翼机器人关注者一拥而入。他的"信息"已被垃圾邮件机器人和其他机器利用，网络尘屑也自然而然地会附在罗尼这样的实体身上。这些普通鬼怪并非来自暗处，而罗尼已经动身了，渗透一般地进入了互联网上犯罪活动更活跃的区域，那才是暗中交易的人过日子的地方。

*

并非远在一百万年前，马歇尔·麦克卢汉还可以将媒体想象成一个良性崭新的团结源泉，一个可能发生"心理社区融合"的地方。但我们的互联网体验却与滥用者如何利用它的感受分不开来。除了是一个方便的提高生活质量的工具之外，如今的互联网也成了监控机器、撒谎工具、手持式营销手段、企业的通告栏，以及理论家和狂热分子的全球平台。如果说脸书、推特、Instagram 照片墙等等把人们聚在一起了，它们也使我们对个人是什么的概念复杂化了，迥异于从前的现实与隐私的概念。几个月后，罗尼已经把自己挤进了一些官方认可的文件世界中。文件虽然是假的，但他的网上行为说明他跟其他人一样真实。我的罗纳德·平恩是根据墓地里的一个年轻人的遥远记忆创造的。跟激发了这个创作念头的那些不老实的警官一样，他现在成了这个现实可以随意定做的世界中的非法移民。警官们利用新身份搞婚外恋、做人父，然后再消失，回到真实生活中，回到世界认可的自我。罗尼·平恩只有一条道可走，深入、再深入到一个看似自由的世界，那个暗网之中。在那里一个人想是谁就是谁；如果是"发明"的，还会有令人欣慰的优势。暗网是不被任何外在当局规范的地方，那里嘲笑权威和真实，普通搜索引擎无法涉足，链接难以追踪到任何人的电脑。在那个几乎不闻不问的世界里，罗尼如鱼得水，尽管我是准备好了的，可以回答任何关于罗尼的问题，如果有人要问的话。

罗尼的生活中没有任何特别之处可以直接联系到我或我的创作习惯，尽管是我为他配音，扮演他。一旦他有了办法、证件、比特币和密码，从某种意义上说，他已经自由了，就像小说中的人物一样，不仅会遵循他的作者的意愿，而且会遵循植入他的过去和本性里的内在机制。"通常是从一个人物开始的，"威廉·福克纳说，"一旦他站起来开始走动了，我能做的，就是拿着纸笔跟在他身后小跑，争取跟随的时间够长，可以记下他说的话做的事。"我只能说，我的罗纳德·平恩根据自己的意愿，倾向于做某些事情，而我由他去。暗网的网站往往随着经营它们的人的不断变化而变，但"丝绸之路""集市"（Agora）和"进化"等非法市场，都为罗尼敞开了。他很快就开始与秘密专家们讨论毒品、假文件和枪支。

一个叫罗纳德·平恩的人，用自己的密码，用以自己的名字购买的比特币支付，买到了海洛因，并寄到他在伦敦的地址。寄来的毒品装在两个白卡片之间的小真空包装袋里，花了大约 30 英镑。他买的阿富汗大麻也是这样寄来的。他还买到了巴基斯坦大麻。地址上写明罗纳德·平恩，这些都寄到了空房子那里，我请人确认东西都货真价实。有一次他还买了强镇痛片曲马朵和其他药，所有的购买和收发都跟唯一与购买有关的人挂钩，也即罗纳德·平恩。几个星期过去了，他的行动变得更加巴洛克式，似乎开始超出他的本性。他开始购买假钞，价格是面值的一半，即 200 英镑可以买 400 英镑的假钞。这些钞票通过了所有基本的伪钞测试。作为无政府主义者、自由主义者、异见人士和仇视政府的人聚集的国际空间，暗网自然而然地赋予自己最广义的自由定义。它揭露权力精英的自利本质，谴责政府和法律体系的腐败，讽刺"虚伪的"反毒品战争，嘲笑一切官僚和所有企图限制个人自由的努力。它喜欢毒品，蔑视官方银行，并热爱枪支。

这就是罗尼的发展方向。但有些地方我不允许他进入，比如色情。但去年夏天存在过的罗尼在毒品和武器方面非常忙活。这是暗网的矛盾之一，它希望摆脱一切约束，但这与它的"自己活，也让别人活"的理念并不总是吻合。非法市场上有卖"自杀药片"和制造炸弹的工具包。在攻击武器、子弹和手榴弹旁边，还有卖"众包杀手"。我发现了一个奇怪现象，罗尼当然也发现了，那就是网络纯粹主义者的革命计划的核心其实是极右。互联网的本质是自由主义的，但它也是邪教和偏执狂的天地，充满煽动性并能蛊惑人心；乐意倾倒他人的垃圾但把自己的掩藏起来；不是去说服而是去骚扰；痴迷于把民主当宗教，却又完全不信任他人。地下网络水深处，存在着疯狂的反权威和对无政府主义状态的热爱，但自己的财产是不能受到威胁的。和平卫士却拎着手榴弹。曼森家族会感到如鱼得水 [1]。

当罗尼·平恩去访问这个世界时，他发现这里既热情又恶毒。他找到了乌兹冲锋枪和攻击步枪、制造炸弹的工具包、手榴弹、大砍刀和手枪。因为有网络货币，他在每个房间都受到欢迎，从没被检查过。他既是谁，又谁都不是。他可能是个少年、战士、恐怖分子或精神病人。但只要有钱，就没事儿。只有 Black Market Reloaded 和 Executive Outcomes 两个网站的销售商要审查一番，两个都是武器供应商。你可以通行，但他们确实进行了审查。暗网里的其他网站根本不过问。口径 9 毫米、配消音器、重 315 克的新枪？黑色多层板枪托、配有"镀铬枪管、后瞄准具可调、带两个三十发弹匣"的 AK47？雷明顿 M24 狙击步枪？一系列成本低于 2400 美元零售价的以色列制造半自动手枪？在毒品论坛里，每个人似乎都处于人生巅

---

① 曼森家族是 1960 年代美国旧金山臭名昭著的邪教组织。

峰，但枪手之间有一种阴险的沉默。购买以后，枪的各个部件通过邮局送达，然后可以组装到一起，用于什么目的，只有鬼知道。

罗尼在这些圈子里慢慢混，聊天、花钱，搞明白他和别人都是谁，可以干什么。我则回过头来再试，关于真正的罗纳德·平恩，我还能找到点什么。一天下午，我站在老肯特路上，观看了一整幢楼被拆。我研究埃文代尔广场的旧照片，翻阅人们回忆他们的童年朋友的网帖。我去了男装店以前的所在地，现在变成廉价杂货店了。有人说真罗尼的家庭可能曾在那里经营过生意。没有人问我为什么会对这个三十年前死去的年轻人好奇，仿佛这样打听是正常的，仿佛这只是我们生活中做的一件事，追寻亡人。关于新闻报道的一个老生常谈的说法是，"普通人"不希望自己的生活被打扰。但他们想。他们最想谈的就是谁活着，谁死了，什么事情变了。但谁拥有对一个人生平的叙述权呢？你拥有自己的故事吗？你拥有你孩子的故事吗？或许这些故事只是生活的一部分，随着时间变迁，没有策划人，没有主人，谁也没有权利或钥匙？你在法律面前有责任和权利，但你拥有你所做的一切和你是谁吗？隐私是虚荣的愿望还是既定的权利？一个人的经历是不是没有版权，而只有别人记得或忘记的能力？我一直想着罗尼的母亲，不知她是否还活着。似乎可以合理地假设，她会觉得自己拥有罗尼的真实生活的故事，或有责任保护它，而他的第二次生命的故事不仅会让她惊讶，而且会感觉受侵犯了。

等我走在去他老学校的街上，张望他吃过校餐的大厅，阅读他的旧成绩单时，后来的罗尼·平恩，使用他的出生证明，正在大众意识中的互联网和暗网中活动，他的所作所为会把三十多年前那个真罗尼震住。只需点击三四下就能找到假罗尼，以及他的所有评论和许多他去过的地方。离开办公室去看 1984 年（我十六岁时）罗纳德·平恩去世的那栋楼之前，我在考虑为假罗尼购买第二本护照的可能性，土耳其护照及"全套身份证"（包括假身份证，买方指定的人名和地址的水电费收据，还有标准照）。那个早上特别忙。我用他的假身份证的一些信息，登录了一个赌博网站。在他位于伊斯灵顿的"住处"，我发现他已经有了税号，开始收到税务局的信件了。罗尼开银行账户、投资、写回忆录，甚至预定一个他永远不会乘坐的航班座位，是否只是时间问题了？

罗尼有一个假自我，还有假朋友，简直就是政府的理想"卧底"，可以以假乱真地渗透到政治团体或黑市里去。假罗尼的起因是为了试验网络激发自我发明的倾向，但到最后，我却是在操纵一个几乎真实的人了。罗尼·平恩唯一的局限是不能现真身，但如今那也不是什么问题。他想做什么，都可以试着去做，除了找伴侣。就连这种事情，虽然棘手，也并非不可能。我只是没想去试，因为害怕愚弄无辜又学不到东西。他可以在网上聊天引起兴趣，但需要肉身见面时，罗尼什么也不是，不是吗？他的存在，在黑暗、繁忙的自我发明世界中很有效果，但如同彼得·潘，他是成人世界的陌生人，是跟海德先生一样的想象力的怪诞产物①。他只是在写这个故事的人的脑子里住了一个季节。

如今那些经营暗网的"人"不在乎传统的公民行为准则，也不承认社会的运作规律。他们不认为政府、货币或历史叙事自然而然就是合法的，甚至也不相信那些看起来在统治世界的人知道自己是谁。普通黑客认为大多数官员只是一部他们无法理解的机器的执行工具。对

---

① 海德先生，指罗伯特·史蒂文森的名著《杰基尔博士与海德先生》（又名《化身博士》）里的主人公。

"丝绸之路"或"集市"的经营者来说，世界就是欲望和欺骗的大杂烩，任何东西都可以买卖，包括自我。他们认为自由就是从政府或上帝或苹果公司或弗洛伊德那里把权力偷回来。在他们看来，生命就是一场权力自我磨灭的戏剧。他们是匿名的，是机器中的幽灵，在渗透和削弱国家机构的同时，还要大肆庆祝，制造混乱，并把自我加密。当联邦调查局袭击并要关闭"丝绸之路"时，比如 2014 年 11 月的那次，它显示出惊人的桀骜不驯。"我们的敌人可能会夺走我们的服务器，""丝绸之路"经营者在重新开张的网站上写道，"扣押我们的货币，并抓走我们的朋友，但是他们不能阻止你：我们的人民。你用在这里交易的每一枚硬币写下历史……历史会证明我们不是罪犯，我们是革命者……'丝绸之路'不是在这里诈骗，而是在这里结束经济压迫。'丝绸之路'不是在这里鼓吹暴力，而是在这里结束对毒品的不公正战争……'丝绸之路'不是一个市场，而是全球反抗。"

伦敦市警察署 ① 署长阿德里安·利帕德最近谈到盗版问题以及反盗版的失败时说："当你遇到海啸时，你无法把水推回去。你必须重新思考我们究竟应该怎样保护社会……在这个空间里，执法能力始终有限。"

我发明的罗尼·平恩就是"这个空间"里的一个数字，他拥有我能够抽空帮他收集到的所有合法资料。但我总是被"真"罗尼吸引，罗尼离开世界三十年后，再以一个不同的形式复活，这到底意味着什么。我终于收到了一个凯瑟琳·平恩的回信。她立即说她认为罗尼的母亲可能还活着。当我请她详细说明时，她又回信写道："自 1979 年

---

① 伦敦市警察署（City of London Police）和前文提到的伦敦警察厅（Metropolitan Police Service）是相互独立的两个警务部门。前者管辖伦敦市，后者管辖伦敦市以外的大伦敦地区。

我母亲去世以后，我们的家人再没有见过面……当时格莱斯住在伯蒙德赛，我只能告诉你这么多了，我没有她的地址。"最终我在1977年的一个电话号码簿上找到了一个号码，但电话已经断了，那栋楼也没有了。

清除假罗尼却非常困难。他在推特上有六十八个关注者，我想没有多少人会注意到他走了，反正有些和他一样是假的。但把推特账户擦掉后，仍会在网上留下一个阴影。曾几何时，真人可以失踪，没有人会察觉，什么都留不下来。生活曾擅长此道。而现在的假身份却难以清除，有的假罗尼的东西是不可磨灭的，他的"传奇"已成了整个以太的一部分。他有"元数据"，这是政府要收集的东西，存在后留下的碎屑。他将继续存在于那个宇宙中，尽管他从未在地球上存在过。

2014年12月12日，罗尼的最后一条推帖就一个词"再见"，然后我注销了他的账户。"我们将把用户数据保留三十天，"推特告诉我，"但我们不能控制谷歌等搜索引擎收录的内容。"他的不真实已经在系统中了，永远不需要解释自己。在脸书上，最后一个"朋友"申请来自一个叫彼得·勒克斯的人。我不知道勒克斯先生是谁，为什么想和罗尼·平恩交友，甚至是不是真的，或只是另一个编织传奇的。停止脸书账户非常困难：它希望你留下来。"劳拉会想念你的。"它说，随机选了一个罗尼的"朋友"。又说："你的二十三个朋友将不能与你保持联系了。"最后警告说："你发送的信息可能仍会出现在朋友的账户上。"终于让我离开时，它又要求我勾选一个答案，解释我为什么要离开。我选择了一个看起来比较合适的："我担心隐私。"Reddit也很遗憾罗尼·平恩要离开，但他的言论，那些关于自由、枪支和毒品的，却不会被抹去，宛如死亡之星永悬。

用假证件建立的罗尼网上赌博账户也关不了。Craigslist承诺，如果他的账户几个月没有动静，会自行删除。比特币洗钱服务是自始至终都警觉无比的秘密网站。一旦我删除了他的电子邮件账户并搞乱了密码，他的购买记录和"存在"就立即消失了。"我们很遗憾你要离开！"Gmail 说，但并未解释"很遗憾的我们"是谁。罗尼的踪迹，他用各种电子邮件账户做了什么，现在都隐藏在世界各地的服务器上了。我的发明已经成为如今官方世界的一部分，除了税号，他还有了国家保险号码，尽管我从未试过把罗尼变成纳税人或者拿薪水的人。银行开始招揽他的生意。虽然他还不在选民名单上，但那似乎只是时间问题。伊斯灵顿的公寓与罗尼没有任何关系，没有住户听说过他，但我最后一次去大厅里拿他的信时，感觉怪怪的。

就在我几乎要放弃时，终于找到了罗尼的母亲。我的一本登记册上一直有她的名字，说明她可能还健在。没有电话号码，房子位于伦敦的东北部，几乎快到埃塞克斯了。我拖了几个星期。我在桌上放了一张卡，上面写着地址。每天早上看见它，我就想真的现实是否并不能提供更多东西了。然后，11 月底的一天早上，天还没亮，我爬起来，穿好衣服，把录音机和笔记本放入包里，走进雨中。在银行站，地铁非常拥挤，人人都沉浸在自己的世界里，穿着凉鞋和袜子的印度女士，戴着耳机、头发参差不齐、沉醉在不属于自己的节拍中的年轻人，对面那位戴阿兹特克人项链的女士，穿着乐斯菲斯外衣的男士，还有焦急地寻找自己那一站的女学生。我则一直想着平恩太太。她是否已经起床，泡了茶，在想今天会有什么事儿？她是否已拉开窗帘，走下楼来，完全想不到今天会有一个陌生人来跟她聊她的儿子？我这么想着，火车已经驶离伦敦中心，上班族一群一群地离开，过了巴金赛德后，车上就剩我一个了。早上出刊的报纸被吹到车厢的走道上，郊外渐渐地亮起来了。

我走了大约一英里路，找到了那栋房子。我不敢肯定找对了，也不知道这个平恩太太是不是我要找的人。她很有可能并不想和我说话，或厌恶整件事。这些我都考虑到了。我从一座天桥下走过，经过一排挺拔的树时，路灯闪闪灭了。一位老人站在街道尽头的树篱后面。平恩太太房前的小径很整洁，花园简简单单。一只狗在里面叫，我等了一会儿。一位长相漂亮的老女人走到厨房的窗户旁，我俩都站住，彼此盯了一秒。她穿着豹纹裙子，握着狗玩的小黄球。她把窗户打开，以为是推销东西的。当我叫一声平恩太太时，她很惊讶。我说想和她谈谈罗尼，我会解释清楚的。她的眼睛都瞪大了，当她念叨"罗尼"一词时，似乎愣了一愣。我注意到她先捏了一下小黄球，才点点头，走到门口。"跟你谈谈挺好的，"她说，把我让进厅里，"你应该跟他年龄相仿吧。"

　　"是的。"

　　"哦，罗尼，"她说，"独一无二的罗尼。"

译后记

　　很多年以前，百无聊赖之中，我意外地发现，一个不常去的中文网上期刊里，还有一个小小的读者论坛。我并没有阅读期刊的习惯，总是觉得其篇幅既太短又太长：稍微复杂一点的话题都只能蜻蜓点水，流于表面；文章却又长到需要相当投入才能从头读到尾，总之不如翻书过瘾。但论坛里的交流完全不一样，帖子简短快捷、一语中的；大家七嘴八舌，观点反衬互补，让人开眼界。尤其令人耳目一新的是，匿名似乎把想象力放飞了，每个网友都显得见多识广、幽默诙谐，宛如世外精灵。毫无准备地一脚踩空，爱丽丝掉入兔子洞，我的人生从此改变。

　　因为有一些神经生物学的知识，我对自己染上网瘾，从一开始就有所意识和警觉。虽然网瘾已成，欲罢不能，但我也一直留意观察网上的自己和他人的行为举止。最早写的一篇网文就是感叹，网上经历的"虚幻"，是如何的"真实"。当编辑彭伦问谁愿意翻译《秘密生活》时，虽然对书的具体内容并不熟悉，但扫了一眼，发现主题是关于网络生活的，我就知道这本书"非我莫属"。

　　作者安德鲁·奥黑根是颇有名气的苏格兰作家。他既写小说，也写纪实报道，《秘密生活》属于后一类，由三个与网络生活有关的真实故事组成。奥黑根说自己"喜欢走在虚构与非虚构的不稳定边界之间，喜欢探讨怎样判断创作与真实，以及这样的判断标准如何漏洞百出"。作者这里说的是虚构与非虚构文学之间的界限并非泾渭分明，也没有绝对的判断标准。但在采访和写作这些故事的过程中，奥黑根又发现，"真实"与"虚幻"的生活之间，也没有必然的界限，因此用写小说的技巧来处理这些纪实报道，反而更得心应手。他把这归因于我们正在经历的这个变迁的时代，"互联网赋予每个人一种秘密的生活……""我们已经迷上了非真实的滋味"。

三个故事都非常独特，都沿着意想不到的但也符合各自的内在逻辑的方向发展，因此饶有趣味并发人深省。作者虽然强调这些故事的独特性和偶然性，但他本人的基本观点也跃然纸上。奥黑根先生对互联网时代充满焦虑和不信任，因为"加密技术使得普通用户变成了鬼魂：马甲、幻影或镜像……只有我们的购买力是真的，……然后我们的数据被转交给政府；政府为了国家安全，再使我们现原形"。他这是用一种局外人和思想家的身份探讨网络时代。这个时代以及可预知的未来，既让人们变得虚假异化，失去约束，失去自我；又使得我们被大政府大公司彻底操纵，失去隐私，失去自由。这怎能不让人忧心忡忡？！

不过，按照《人类简史》作者瓦尔·赫拉利的观点，人类自古到今就是活在一个个虚构的世界之中。人类的社会关系和信仰，诸如国家、边境、宗教或货币等等，全是子虚乌有的、想象力的产物。不同时代的人类，会想象出不同的"故事"来；这些"故事"，使得大自然和人生变得有意义，从而成为人类大规模合作的凝聚力。从这个角度看，互联网时代并非例外，而是人类想象力借助新技术而呈现的新表象。事实上，这从《秘密生活》的写作风格中也能看出。奥黑根非常善于运用类比。无论是出于无心还是有意，他列举的人物里，真实的与虚构的总是兼而有之。比如他把阿桑奇与五角大楼文件泄密者丹尼尔·埃尔斯伯格，18世纪激进政治家约翰·威尔克斯，以及查尔斯·福斯特·凯恩相比。前两个是真人，而凯恩却是电影人物。他还认为阿桑奇和莱特都是没有长大的男孩子，是童话人物彼得·潘。这些例子说明，在作者的心目中，真实与虚构常常可以互换，相互参照。

阿桑奇与莱特的故事还涉及了另一个伦理上复杂但有趣的问题，那就是如何认识品行有缺陷的个人对人类进步的贡献（这里且不谈"进步"本身会带来负面影响）。作家兼好友杜欣欣常言"有个性缺陷的人不循规蹈矩，确实更容易突破；而网络为这样的人提供了更大的发挥空间"。作者当然也意识到这一点，虽然对他的这两个主人公的批评多于认同。他说"朱利安抽着雪茄提醒我，就好像我还需要提醒似的，每个人都不仅仅只有一面，历史上乱七八糟的人物层出不穷，他们举止粗鲁，用手抓饭吃，同时改变着世界"。

奥黑根先生的文字当属上乘。这本书的句子简练准确，表达清晰，说明复杂的思考未必一定要用复杂的句式才能表达出来。翻译时，译者常常暗自庆幸这书选对了。他的小说更令人惊艳，里面基本上没有多少理性叙述，优美感伤的情愫从细腻从容的描写中不经意地散发出来。

我的网络生活使得这本译作成为可能。彭伦是网友菊子介绍认识的。初稿请杜欣欣、徐林和陈锦生提过意见，在他们的帮助下做了大量修改。欣欣和徐林也是多年的网友，后又变成了"生活中的朋友"；与锦生曾一起在球场上跑过，是"真实的"朋友，可又是通过微信才重新认识的。每有疑问，我都带到一个小小的微信群里讨论。那是我结交的最有知识、书读得最多的一群人，其中的绝大多数我都没有见过，或许永远无缘一面，但这本译作里的许多细节是我们"真实存在"的微型见证。最后，特别感谢同学群里认识的曹辉宁教授耐心解答关于比特币的问题。

　　翻译是一个让人卑微自省的过程。曾几何时，我会因为他人的翻译错误笑掉大牙，现在却知道，一个稀松平常的句子后面就可能藏了一个"常凯申"，不经意中把译者自己的无知暴露得淋漓尽致。借此诚邀读者指教，指出译文中大大小小的问题和错误：hongchens@hotmail.com。

THE SECRET LIFE: Three True Stories of the Digital Age

Andrew O'Hagan

copyright © Andrew O'Hagan 2017

This edition arranged with ROGERS, COLERIDGE & WHITE LTD(RCW)

through Big Apple Agency, Inc., Labuan, Malaysia

Simplified Chinese edition copyright © 2020 Archipel Press

All rights reserved.

The translation of this title was made possible with the help of the Publishing
Scotland translation fund.

Publishing
Scotland
Foillseachadh Alba

图字:09-2020-631 号

图书在版编目(CIP)数据

秘密生活:数字时代的三个真实故事/(英)安德
鲁·奥黑根(Andrew O'Hagan)著;陈红译. 一上海:
上海译文出版社,2020.8
(译文纪实)
书名原文: THE SECRET LIFE: Three True Stories
of the Digital Age
ISBN 978-7-5327-8345-8

Ⅰ.①秘… Ⅱ.①安… ②陈… Ⅲ.①纪实文学-英
国-现代 Ⅳ.①I561.55

中国版本图书馆 CIP 数据核字(2020)第 087962 号

秘密生活:数字时代的三个真实故事
[英]安德鲁·奥黑根 著 陈红 译
责任编辑/张吉人 装帧设计/邵旻工作室

上海译文出版社有限公司出版、发行
网址:www.yiwen.com.cn
200001 上海福建中路 193 号
上海信老印刷厂印刷

开本 890×1240 1/32 印张 6.5 插页 2 字数 130,000
2020 年 7 月第 1 版 2020 年 7 月第 1 次印刷
印数:00,001—10,000 册

ISBN 978-7-5327-8345-8/I·5114
定价:48.00 元